この物語《ものがたり》のおもしろポイント♪

ポイント1 出会《であ》う人《ひと》みんな、超《ちょう》へんてこすぎ!

今回《こんかい》アリスが出会《であ》う人《ひと》（?）たちは、
前回《ぜんかい》よりも、もっとひどいへんてこたち!
アリスいわく、ともかくふゆかいな
人《ひと》ばかりで、こまりものみたい。
でも、アリスもずいぶん成長《せいちょう》したようで、
けっこう大人《おとな》な対応《たいおう》をしていますよ。

ポイント2 言葉遊《ことばあそ》びがいっぱい!

今回《こんかい》も、物語《ものがたり》のいたるところに
言葉《ことば》あそび（ダジャレ）がかくれて
います。たとえば双子《ふたご》の歌《うた》の、
「セイウチさんと大工《だいく》さん、磯《いそ》を歩《ある》くよ、
いそいそ」で「磯《いそ》」と「いそ」をかさねて
言《い》っているのもそれです。ほかにも
いっぱいあるからさがしてね!

ポイント3 かがみの国《くに》はチェスの国《くに》!

チェス・ゲームがこの物語《ものがたり》の大《おお》きなしかけになっています。
チェスを知《し》らなくてもたのしめるけど、知《し》っていたらも一っとたのしめるから、
「アリスのチェス教室《きょうしつ》」で勉強《べんきょう》してみてね♪

アリスのチェス教室《きょうしつ》

チェスってなーんだ？

チェスは、こまをつかって遊《あそ》ぶ、西洋《せいよう》のゲーム！
日本《にほん》の将棋《しょうぎ》によくにていて、二手《ふたて》にわかれて戦《たたか》うの。
これから、わたしアリスが、日本《にほん》のみんなにチェスを教《おし》えてあげちゃいます！

いくつかのこまを紹介《しょうかい》するね

ポーン（歩兵《ほへい》）

いちばん弱《よわ》いこまで、１マスずつしか進《すす》めないの。
でも、おくのマスまで進《すす》むことができたら、
女王《クイーン》にだってなれるんです！

ナイト（騎士《きし》）

馬《うま》にのってるから、ピョンピョンとべちゃう、
騎士《きし》のこま。けっこうたよりになるんだ。

クイーン（女王《じょおう》）

ななめにもまっすぐにもぴゅーんと
何《なん》マスでも進《すす》めちゃう、スゴいこま！
わたしもクイーンになれたらなぁ……

キング（王《おう》）

チェスで、いちばん大切《たいせつ》なこま。
だって、キングをとられたら、負《ま》けちゃうんだもの。
でも反対《はんたい》に、キングをとれば、こっちの勝《か》ちよ！

もくじ

1 かがみの家《いえ》……12
2 しゃべる花《はな》々《ばな》のお庭《にわ》……27
3 かがみの国《くに》の虫《むし》……39
4 トウィードルダムとトウィードルディー……55
5 ウールと水《みず》……71
6 ハンプティ・ダンプティ……87
7 ライオンとユニコーン……103

8 「これは、せっしゃの発明《はつめい》でござる」……121

9 女王《じょおう》アリス……135

10 ゆさぶって……158

11 目《め》がさめて……159

12 夢《ゆめ》を見《み》たのはどっち？……160

作者《さくしゃ》と物語《ものがたり》について 河合祥一郎《かわいしょういちろう》……162

読書感想文《どくしょかんそうぶん》の書《か》きかた 坪田信貴《つぼたのぶたか》……164

いま、100年後《ねんご》も読《よ》まれる名作《めいさく》を読《よ》むこと 坪田信貴《つぼたのぶたか》……166

1 かがみの家《いえ》

なにもかも黒《くろ》い子《こ》ネコのせいでした。

だって、白《しろ》い子《こ》ネコは、おかあさんネコのダイナにずっと顔《かお》を洗《あら》ってもらっていたんですもの。

だから、アリスが大《おお》きなひじかけイスでうつらうつらしていたとき、毛糸《けいと》の玉《たま》ととっくみあいをしたのは、黒《くろ》い子《こ》ネコのほうだったのです。

毛糸《けいと》の玉《たま》は、ころころ、ころがって、ほどけてしまいました。

「もう、悪《わる》い子《こ》ね、悪《わる》い子《こ》なんだから！」
アリスは、黒《くろ》い子《こ》ネコのキティをだきあげ、
いけないことをしたと教《おし》えるために、
チュッと軽《かる》いキスをしました。
「ダイナがちゃんとしつけてくれないからいけないのよ！」
アリスは、責《せ》めるような目《め》でおかあさんネコを見《み》つめ、できるだけ怒《おこ》ったような声《こえ》で言《い》ってやりました。
それから、アリスは黒《くろ》い子《こ》ネコと毛糸《けいと》をだっこして、ひじかけイ

スによじのぼり、毛糸《けいと》の玉《たま》を巻《ま》きはじめました。

黒《くろ》い子《こ》ネコのキティはアリスのひざの上《うえ》から、毛糸《けいと》を見《み》まもるふりをしつつ、ときおり前足《まえあし》をつき出《だ》して、そっと玉《たま》にさわります。

「このおいたちゃん！　あら、言《い》いわけするつもり？　言《い》いわけなんてして、いいわけ？」

アリスは、だめっというように人差《ひとさ》し指《ゆび》を立《た》ててしゃべりつづけました。

「キティ、あなた、チェスできる？　ねえ、あなた、すわって腕組《うでぐ》みしたら、赤《あか》のクイーンそっくりよ。やってみて！」

アリスは、赤《あか》のクイーンをテーブルからとってきて、そのまねをするようにと、子《こ》ネコの前《まえ》に置《お》きました。

でも、うまくいきません。

子《こ》ネコがちゃんと腕組《うでぐ》みしてくれないのです。

「いい子《こ》にしなかったら、かがみのおうちに入《い》れちゃうぞ。」

アリスは、大《おお》きなかがみにむかって、子《こ》ネコをだきあげました。

「ごっこ遊《あそ》びをしましょ、キティ。かがみのむこう側《がわ》に入《はい》って行《い》けるふりをするの。あっちの世界《せかい》は、なにもかも、こっちとあべこべなの！　だんろのすぐうしろみたいに、見《み》えないところがどうなってるか知《し》りたいわ。それに、かがみはやわらかくて、通《とお》れるのよ。ほら、もやみたいになってきたわよ！　通《とお》るのなんてかんたん――」

アリスはこう言《い》いながら、だんろのかざりだな《マントルピース》にのぼりました。

たしかにかがみは、きらきら光《ひか》る銀《ぎん》のもやのようになっていました。

つぎの瞬間《しゅんかん》、アリスはかがみをくぐりぬけて、かがみの国《くに》の部屋《へや》にかろやかにとびおりていました！

そこは、だんろに火《ひ》がともっていること以外《いがい》、さっきとはまるでちがっていました。たとえば壁《かべ》にかかった絵《え》はみんな生《い》きてるみたいだし、時計《とけい》には小《ちい》さなおじさんの顔《かお》がついているのです。

だんろのなかを見《み》て、アリスは小《ちい》さく「まあ！」とさけびました。チェスのこまが、歩《ある》きまわっているではありませんか！

「赤《あか》のキングと赤《あか》のクイーンだわ。あっちは白《しろ》のキングとクイーン。わたしが見《み》えてないんだ。なんだか、透明人間《とうめいにんげん》になった感《かん》じ――」

このとき、うしろのテーブルの上《うえ》でなにかがキーキー言《い》いはじめました。ふりかえってみると、ちょうど白《しろ》のポーン（歩兵《ほへい》）がひっくりかえって足《あし》をばたばたさせています。

「わが子《こ》の声《こえ》だわ。」

白《しろ》のクイーンがさけんで、どたばたと走《はし》りぬけ、キングを灰《はい》のなかにつきたおしました。

「わたしの大事《だいじ》なリリーちゃん！　わたしの子《こ》ネコ姫《ひめ》！」

クイーンは、だんろの炉格子《ろごうし》をよじのぼりだしました。

「なにが姫《ひめ》じゃ！」

キングは、ころんでいためた鼻《はな》をさすりながら言《い》いました。

お役《やく》にたちたいと思《おも》ったアリスは、クイーンをつまみあげ、やかましい王女《おうじょ》リリーのとなりに、ひょいと置《お》いてやりました。

クイーンは、おどろいてすわりこんで、小《ちい》さなリリーをだきしめ

ることしかできませんでした。
「たすけて！　わたし、なにかにふっとばされたわ！」
白《しろ》のキングが格子《こうし》を一段《だん》一段《だん》、えっちらおっちらのぼるのを見《み》ていたアリスは、こんどはキングをそおっと持《も》ちあげて、はこんでやりました。ただ、あんまり灰《はい》だらけだったので、テーブルに置《お》いてやる前《まえ》に少《すこ》し灰《はい》をはらってあげました。
キングは、見《み》えない手《て》で持《も》ちあげ

られ、灰《はい》をはらわれているとわかると、あまりにもおどろきすぎて、さけぶこともできず、目《め》と口《くち》はどんどん大《おお》きく見開《みひら》かれ、まんまるになっていきました。

「まあ！　どうか、そんな顔《かお》をしないでちょうだい！　おかしくって、持《も》ってられなくなっちゃう！」

アリスは、思《おも》わずふきだしてしまいました。

ふと見《み》ると、テーブルの上《うえ》に一冊《さつ》の本《ほん》があります。

アリスはキングをそっとおくと、その本《ほん》をぱらぱらめくって、読《よ》めそうなところはないかしらとさがしました。

それはこんな感《かん》じでした。

ジャバーウォッキー

そはあぶり時《どき》、ぬなめかな濡部《とーぶ》ら、

ごあずきじゃいる、錐《きり》めく。

やなやじろい、襤褸濠無《ぼろごーぶ》ら、

いえかはな拉干《らーす》ら、おめしやめく。

しばらく、これはなんだろうとふしぎに思《おも》っていたのですが、ついにぱっとひらめきました。

「そうよ、かがみの国《くに》のご本《ほん》なのよ、もちろん！　だから、かがみにかざせば、もとどおりの言葉《ことば》になるはず。」

アリスが、かがみにかざして読《よ》んだ詩《し》は、こうなっていました。

ジャバーウォッキー

そはやきに時《どき》
ぬなやかな　濤蔀《とうぶ》ら、
にもずをじゃいり、錐《きり》めく。
皆《みな》みじろい、襤褸《ぼろ》濠蕪《ごうぶ》ら、
いえかはな拉子《らーす》ら、わめしゃめく。

「息子《むすこ》よ、ジャバーウォックはかむぞ、
油断《ゆだん》をするな、爪《つめ》でツかむぞ。
邪舞邪舞鳥《じゃぶじゃぶどり》にも気《き》をつけよ、

そしておどろきしバンダースナッチを避《さ》けよ！』

いち、に！　いち、に！　ぐっさり、ぐさり、
　まえらき刃《やいば》の紫電一閃《しでんいっせん》。
死《し》せりや怪物《かいぶつ》、その首持《くびも》って、
　駆《か》けほこってぞ帰還《きかん》せん。

「ジャバーウォックをたおせしか？
　抱《いだ》かさしめ、わがかんがめく息子《むすこ》！
ああ、すべらしき日《ひ》よ！　かろー！　かっれえ！』
　父《ちち》、歓喜《かんき》して笑《わら》う、がゎくすこ。

読《よ》みおわるとアリスは言《い》いました。

「とてもすてきな感《かん》じね、ちゃんと理解《りかい》するのはむずかしいけど！」

おわかりだと思《おも》いますが、アリスは、なんのことやらぜんぜんわからないと白状《はくじょう》するのは、いやだったのです。

「でも、だれかがなにかを殺《ころ》したんだわ。とにかくそれはたしか
——あ、いけない！」

アリスはとびあがりました。

「急《いそ》がないと、ここがどんなふうになってるか、ぜんぶ見《み》る前《まえ》に、かがみのむこうに帰《かえ》らなきゃならなくなるわ！　まずはお庭《にわ》を見《み》てみましょう！」

アリスは部屋《へや》から外《そと》へと飛《と》び出《だ》しました。

2 しゃべる花々《はなばな》のお庭《にわ》

「お庭《にわ》をよく見《み》るには、あの丘《おか》のてっぺんに行《い》けばいいんだわ」

と、アリスは言《い》って、丘《おか》へつづく道《みち》をのぼりはじめました。

「ええと、ここを曲《ま》がれば丘《おか》につくはず――あれ、ちがった！　これだとまっすぐおうちにもどっちゃう！」

角《かど》をまがって進《すす》んでいくと、いつのまにか、おうちにもどってきてしまうのです、何度《なんど》やっても。

「おかしいなあ。もう一度《いちど》やってみよう。」

アリスはきっぱりとおうちに背《せ》をむけ、ふたたび道《みち》を歩《ある》きだし、丘《おか》につくまでまっすぐ進《すす》むぞと心《こころ》に決《き》めました。

けれども、道《みち》がとつぜんねじれて、つぎの瞬間《しゅんかん》、アリスは玄関《げんかん》からおうちのなかへ入《はい》ろうとしているのでした。

「ああもう、ひどいったらないわ！」

でも、目《め》の前《まえ》には丘《おか》がちゃんと見《み》えているのですから、またやりなおすしかありません。するとこんどは、大《おお》きな花《か》だんに出《で》ました。花《か》だんのふちにヒナギクがならび、ヤナギの木《き》が植《う》えられています。

アリスは、ゆれているお花《はな》に話《はな》しかけました。

「オニユリさん！　あなたがおしゃべりできたらいいのに！」

「できるわよ」

と、オニユリが言《い》いました。

アリスはおどろきのあまり、しばらくは口《くち》がききませんでした。
「お花《はな》って、みんな話《はな》せるの？」
「あなたと同《おな》じようにね。」

「こんなところに植《う》えられていて、こわくなったりしない？」

「まん中《なか》にシダレヤナギが生《は》えてるでしょ。あれが番《ばん》をしてるのよ。ギッ！ってほえてくれるわ」

と、バラが言《い》いました。

「疑《うたが》わしいやつがくると、『しっ、だれ？』とたずねてから『疑《ぎ》っ』ってほえるの。でも、その『ギッ』っていうのが、すごく嫌《や》な音《おと》。やなギッ。だから、シッダレ、ヤナギっていうのよ！」

と、ヒナギクも口《くち》をはさみました。

「そんなこと、知《し》らなかったの？」

ここでヒナギクたちが、みんないっせいにさけびはじめてしまい、あたりは小《ちい》さなキンキン声《ごえ》で割《わ》れんばかりになりました。

「しずかにしないと、つんじゃうぞ!」

アリスがヒナギクにむかってささやくと、たちまちみんなしずかになり、ピンク色《いろ》のヒナギク数本《すうほん》は、まっ白《しろ》になりました。

「あんたみたいに動《うご》きまわれる花《はな》が、この庭《にわ》に一本《ぽん》いるよ。あんたみたいにぶかっこうで、もっと赤《あか》い子《こ》」とバラ。

「髪《かみ》はアップで、あなたみたいにバサバサしてない」とオニユリ。

「まあ、あんたはしおれかけてるから、しかたないよね」とバラ。

アリスは、いやな気持《きも》ちになって、いそいで話題《わだい》を変《か》えました。

「その子《こ》、ここに来《く》ることはあるの?」

「もうすぐ会《あ》えるよ。あ、あの子《こ》が来《き》た!」

だれに会《あ》えるのかと期待《きたい》をこめてふりかえると、アリスの目《め》の前《まえ》

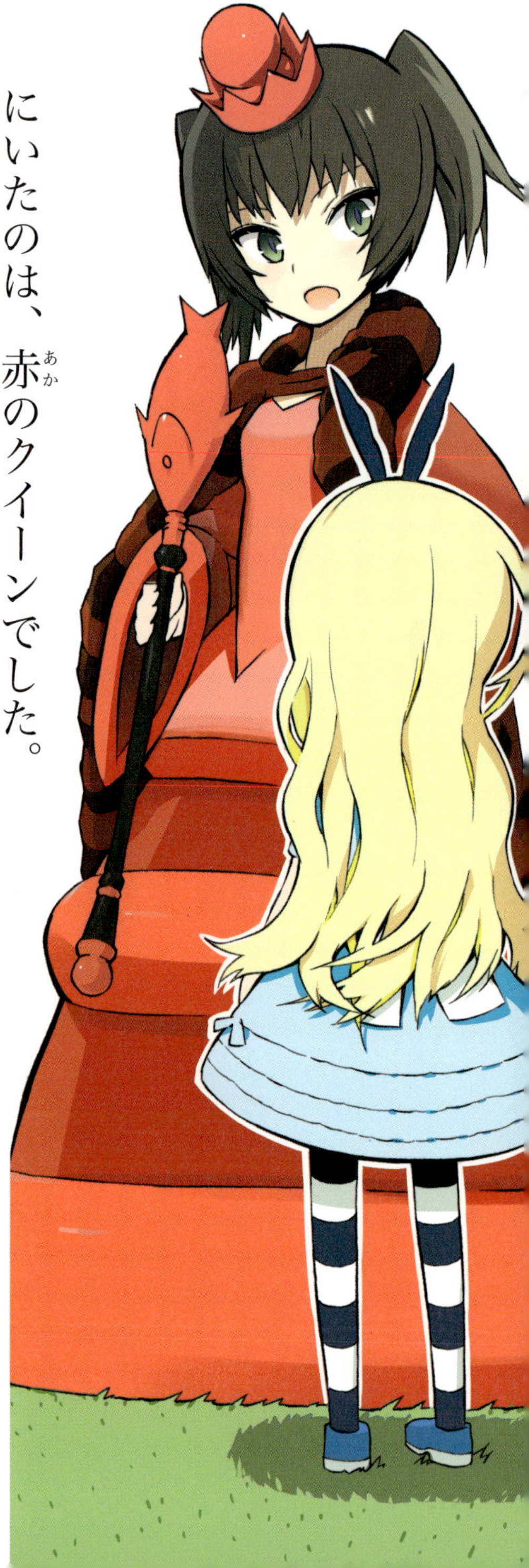

にいたのは、赤《あか》のクイーンでした。

「わあ！　なんて大《おお》きくなったのかしら！」

最初《さいしょ》に灰《はい》のなかで見《み》かけたときには、七、八センチぐらいの背《せ》たけしかなかったのに、今《いま》では、アリスよりも頭半分《あたまはんぶん》も高《たか》いのです！

「あなた、どこから来《き》たの？　そしてどこへ行《い》くの？　顔《かお》をあげて、きちんとお話《はな》ししなさい。しょっちゅう指《ゆび》をいじりまわさないの。」

クイーンが言《い》うと、アリスはこの諸注意《しょちゅうい》すべてに気《き》をつけて、自《じ》

分《ぶん》の道《みち》がわからなくなったことを説《せつ》明《めい》しました。
「あ、あなたの道《みち》とは、なんのこと？　ここの道《みち》はすべてわたしのものです。そもそも、どうしてここに？　おひざを曲《ま》げておじぎをなさい。」
「あの丘《おか》のてっぺんに行《い》く道《みち》を見《み》つけようとしていたんです。」
アリスがおひざを曲《ま》げておじぎをすると、クイーンはアリスを丘《おか》のてっぺんまでつれていってくれました。

アリスは、あたりのへんてこな田園風景《でんえんふうけい》を見《み》わたしました。まっすぐな小川《おがわ》が何本《なんぼん》も横切《よこぎ》っていて、たてに緑《みどり》の垣根《かきね》がいくつもあって、どこも正方形《せいほうけい》に区切《くぎ》られているのです。

「大《おお》きなチェス盤《ばん》になっているんだわ！　ここでものすごく大《おお》きなチェスのゲームをしているのね。ああ、おもしろそう！　わたし、参加《さんか》できるなら、ポーンになってもかまわない。もちろん、クイーンになれたら、いちばんいいけど。」

そう言《い》いながら、アリスがはずかしそうに本物《ほんもの》のクイーンをちらりと見《み》やると、赤《あか》のクイーンはやさしく言《い》いました。

「おのぞみなら、白《しろ》のポーンにしてあげましょう。まず二つめのます、からはじめるのですよ。八つめまで行《い》ったらクイーンになれます。」

そのとき、どうしたわけか、ふたりは走《はし》り出《だ》していました。どんなふうに走《はし》り出《だ》したのか、さっぱりわかりませんでした。おぼえていることといったら、クイーンがあまりにも速《はや》いものだから、あとをついていくのがやっとだったということです。

「もっと速《はや》く！　もっと速《はや》く！」

クイーンはさけび、アリスをひっぱって走《はし》ります。

アリスの耳《みみ》もとで風《かぜ》がひゅーひゅーうなり、髪《かみ》の毛《け》が頭《あたま》からふき飛《と》ばされそうでした。とても速《はや》く走《はし》ったので、ついにはアリスの足《あし》が地面《じめん》にほとんどつかず、空中《くうちゅう》にうかびあがるまでになりました。

「も、もうすぐつくでしょうか？」

「なに言《い》ってるの、十分前《じっぷんまえ》に通《とお》りこしましたよ！　もっと速《はや》く！」

気《き》づいたらアリスは地面《じめん》にへたりこんで、目《め》を回《まわ》していました。

あたりを見《み》まわしてびっくり。

「まあ、ずっとこの木《き》の下《した》にいたんじゃないの！　前《まえ》とおんなじ！」

「もちろん、そうですよ」と、クイーン。

「あの、わたしたちの国《くに》では、今《いま》のわたしたちみたいに、長《なが》いあいだとても速《はや》く走《はし》ったら、たいていどこか別《べつ》の場所《ばしょ》につくんです。」

「のんびりした国《くに》ね！　ここでは同《おな》じ場所《ばしょ》にいたければ、思《おも》いっき

り走《はし》らなきゃならないの。別《べつ》の場所《ばしょ》に行《い》きたいなら、その二倍速《ばいはや》く走《はし》らなきゃ！」

「えんりょします！　もう、のどがからから！」

「そういうときにいいものをあげますね！」

クイーンは、人《ひと》がよさそうに、ポケットから小箱《こばこ》を取《と》り出《だ》して言《い》いました。

「めしあがる、ビスケット？」

ビスケットなんてちっともほしくありませんでしたが、ことわるのも失礼《しつれい》な気《き》がしました。受《う》けとると、どうにかこうにか食《た》べたのですが、とてもぱさぱさしていたので、生《う》まれてこのかた、こんなにのどがつまったことはないと思《おも》いました。

クイーンは満足《まんぞく》げにうなずくと、これからのことについて、説明《せつめい》してくれました。

「ゲームがはじまったら、ポーンは最初《さいしょ》だけ二ます進《すす》めますよ。だから、三つめのますは汽車《きしゃ》に乗《の》るのがいいわ。そしたら四ますめにつきます。そこにトゥイードルダムとトゥイードルディーがいますからね。五ますめはほとんど水《みず》。六ますめはハンプティ・ダンプティ。七ますめは森《もり》のなか。でも、騎士《きし》が道案内《みちあんない》をしてくれるでしょう。そして、八つめのますで、あなたはクイーンとなりますよ！」

それだけ言《い》うと、クイーンはすたすたと去《さ》ってしまいました。

3 かがみの国《くに》の虫《むし》

アリスは、まずはこの国《くに》をよく知《し》ろうと、つま先立《さきだ》ちになってながめてみました。すると、おかしなものを見《み》つけたのです。

「あら、あそこで、みつを集《あつ》めているのはなにかしら？　ハチじゃないわ。こんなに遠《とお》くからハチが見《み》えたりしないもの。」

アリスは、そのハチのような生《い》き物《もの》がせわしく動《うご》きまわり、口先《くちさき》を花《はな》につっこむのをしばらくだまって見《み》まもっていました。

「ふつうのハチみたい。」

ところが、ふつうのハチどころではありませんでした。

じつのところ、それはゾウだったのです。

「うそでしょ！　じゃあ、あの花《はな》、なんて大《おお》きいの！　まるで小屋《こや》みたい！　ちょっと近《ちか》づいてみようかしら――いえ、まだ、やめとこ。」

アリスは、ふいにおじけづいてしまいました。

「だって、ゾウさんを追《お》いはらうために、うんと長《なが》い枝《えだ》がないといけないじゃない？　ゾウさんはまたあとにして、反対側《はんたいがわ》からおりてみよう。三つめのますに行ってみたいもの！」

こんな言《い》いわけをして、アリスは丘《おか》をかけおり、六つある小川《おがわ》の最初《さいしょ》のをぴょんととびこえました。

「きっぷを拝見《はいけん》！」

車掌《しゃしょう》さんが、列車《れっしゃ》の窓《まど》の外《そと》からなかへ顔《かお》をつっこんで言《い》いました。

気《き》づくと、アリスは列車《れっしゃ》の座席《ざせき》にすわっていました。

乗客《じょうきゃく》たちはみんな、きっぷをさしだしました。

みんな、というのは、人間《にんげん》と同《おな》じぐらいの大《おお》きさの生《い》き物《もの》たちで、車両《しゃりょう》いっぱいに乗《の》りこんでいるようでした。

「さあさ！　きっぷを見《み》せなさい、そこの子《こ》！」

車掌《しゃしょう》さんがアリスをにらみました。

「持《も》ってないんです。きっぷ売場《うりば》がないところから来《き》たんです。」

すると、反対側《はんたいがわ》にすわっていた、白《しろ》い紙《かみ》の服《ふく》の紳士《しんし》が言《い》いました。

「こんなにおさない子《こ》は、自分《じぶん》の名前《なまえ》がわからなくても、行《い》き先《さき》ぐらいはわかっていなければな！」

白《しろ》い紳士《しんし》のとなりにすわっていたヤギが、目《め》を閉《と》じて大《おお》きな声《こえ》でこう言《い》いました。

「あいうえおが読《よ》めなくても、きっぷ売場《うりば》への行《い》きかたぐらい、わかっていなければな！」

ヤギのとなりにはカブトムシがすわっていて、こう言《い》いました。

「この子《こ》はお荷物《にもつ》だから、手荷物《てにもつ》あつかいで送《おく》りかえさねばな！」

つぎに聞《き》こえてきたのはしわがれていて、馬《うま》の声《こえ》みたいでした。

「言《い》うことを機関汽《きかんき》なら――」

そこまで言《い》うと、声《こえ》はつまってしまいました。

すると、アリスのすぐ耳《みみ》もとで、ものすごく小《ちい》さな声《こえ》がしました。

「ウマいしゃれにしてみたらどうかな――あっといウマの声《こえ》、なあんちゃってね？」

アリスはかなりいらいらして言《い》いました。

「わたし、さっきまで森《もり》のなかにいて――そこにもどりたい！」

近《ちか》くでさっきの小《ちい》さな声《こえ》がしました。

「これも、しゃれをモリこんでみたらどう？　森《もり》のぬくモリにもどるつモリよって。ね？」

「からかわないで！　そんなしゃれ、自分《じぶん》で言《い》えばいいじゃない。」

アリスは、どこから声《こえ》がするのか見《み》まわしましたが、なにも見《み》えません。

その小《ちい》さな声《こえ》が、アリスの耳《みみ》もとでかなしげに深《ふか》いため息《いき》をついたので、アリスはむずがゆくてたまらなくなりました。

「君《きみ》は友《とも》だちだよね。ぼくにひどいことをしないよね、ぼくが虫《むし》だからといって。」

「どんな虫《むし》さんなの？」

アリスは、さす虫《むし》かどうか気《き》になってたずねました。

「え、じゃあ、君《きみ》は、ど――」

小《ちい》さな声《こえ》が言《い》いかけたとき、それをかき消《け》すように大《おお》きな汽笛《きてき》があがって、みんなおどろいてとびあがりました。

窓《まど》から首《くび》を外《そと》につき出《だ》していた馬《うま》が、首《くび》をひっこめて言《い》いました。

「たかが小川《おがわ》をひとつとびこすだけのことさ。」

アリスは汽車《きしゃ》がなにかをとびこすということに不安《ふあん》を感《かん》じました。

「でも、それで四ますめに行《い》けるんだから、ちょっとうれしい！」

つぎの瞬間《しゅんかん》、車両《しゃりょう》がふわっと宙《ちゅう》にうくのが感《かん》じられ、こわくなって一番近《いちばんちか》くのものにしがみつきましたが、それはヤギのひげでした。

アリスがさわったとたん、ひげは溶《と》けさってしまったようで、気《き》がついてみると、アリスは木《こ》かげにしずかにすわっているのでした。

そして、カが（アリスに話《はな》しかけていたのは、カだったのです）、頭《あたま》の上《うえ》にある小枝《こえだ》にとまり、バランスをとりながら、羽根《はね》でアリスをあおいでくれていました。

い、い、とても大《おお》きなカでした。

「ひよこぐらいあるわ」と、アリスは思《おも》いました。

「――じゃあ、君《きみ》は、ど、ど、どんな虫《むし》でも好《す》きってわけじゃないんだね？」

カは、なにごともなかったかのようにしずかに話《はな》しつづけました。

「お話《はな》しできる虫《むし》は好《す》きよ。わ、わ、わたしの国《くに》では、虫《むし》はしゃべれないの。」

「君《きみ》の国《くに》には、どんな虫《むし》がいる？」

「わたし、虫《むし》の名前《なまえ》をいくつか言《い》えてよ。」

「もちろん、虫《むし》は名前《なまえ》を呼《よ》ばれたら返事《へんじ》をするよね？」

「そんなことしないわ。」

「呼《よ》ばれても返事《へんじ》をしないなら、なんのために名前《なまえ》があるんだい？」

「虫にとっては、意味《いみ》はないのよ。それを呼《よ》んでいる人《ひと》にとって意《い》味《み》があるの。そうでなきゃ、物《もの》に名前《なまえ》なんてついてないでしょ？」

「さあてね。ずっと先《さき》にある、むこうの森《もり》じゃあ、物《もの》に名前《なまえ》はついていないけどね。まあ、君《きみ》の知《し》っている虫《むし》の名前《なまえ》をあげてごらん。」

「えっと、まずアブでしょ。」

「ほいきた。あのしげみのまん中《なか》を、よーく見《み》てごらん、《アブネエ》がいるだろ。アブのねえさんだ。気の強《つよ》いじゃじゃ馬《うま》でね。強《つよ》い木でできている。ぎったんばっこんとからだをゆらして枝《えだ》から枝《えだ》へ移動《いどう》するんだ。」

「なにを食《た》べて生《い》きているの？」

「樹液《じゅえき》とおがくず。ほかの虫《むし》の名前《なまえ》は？」

「トンボ」と、アリス。

「あの枝《えだ》を見《み》てごらん。そこに、《トンで火《ひ》に入《い》る冬《ふゆ》の怒《おこ》りんボ》がいる。からだはクリスマス・プディングでできていて、羽根《はね》はヒイラギ、頭《あたま》はブランデーをかけられてメラメラ燃《も》えてるレーズンだ。」

「なにを食《た》べて生《い》きているの？」

「レーズン入《い》りプディングと、ミンスミート入《い》りのクリスマス菓子《がし》。こいつはクリスマス・プレゼントの箱《はこ》のなかに巣《す》を作《つく》る。」

「それから、チョウ」と、アリス。

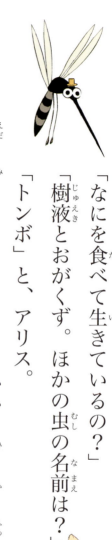

「君《きみ》の足《あし》もとをはっているのが、おどろくべき驚異《きょうい》のチョウ、《超《ちょう》ショック》だ。すがたは《朝食《ちょうしょく》》に似《に》て、バタつく羽根《はね》はバターつきのうす切《ぎ》りパン。からだはパンの皮《かわ》。頭《あたま》は角砂糖《かくざとう》。」

「それはなにを食《た》べて生《い》きているの？」

「クリーム入《い》りのうすいお茶《ちゃ》。」

そんなお茶《ちゃ》なんてめったにないから、どうやって生《い》きているのかしら、と、アリスはしばらく考《かんが》えこんでしまいました。

あたりを飛《と》んでいたカは、ついに止《と》まって、言《い》いました。

「君《きみ》、自分《じぶん》の名前《なまえ》をなくしたくはないよね？」

「ええ、そりゃあ、もちろん！」

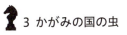

「でも、名前《なまえ》なしのほうがべんりだと思《おも》わないかい。たとえば、家庭教師《かていきょうし》の先生《せんせい》が君《きみ》を勉強《べんきょう》に呼《よ》ぼうとしても、名前《なまえ》がないもんだから、そこで立《た》ち往生《おうじょう》さ。君《きみ》は勉強《べんきょう》しなくてもよくなるってわけ。」

「そうはいかないわよ。先生《せんせい》は、わたしの名前《なまえ》を思《おも》い出《だ》せなくても、『おじょうさん』とか呼《よ》べるでしょう。」

「へん、『おじょうさん』としか言《い》わないなら、おじょうさんじゃなくて、おじょうだんでしょ？　お勉強《べんきょう》なんてお冗談《じょうだん》って言《い》えばいいのさ。これ、しゃれだよ。君に、言《い》ってもらいたかったな。」

「なんでわたしが？　そんなひどいダジャレなんか。」

カは深《ふか》くため息《いき》をつくと、かわいそうに消《き》えてしまったようでした。だって、枝《えだ》の上《うえ》にはなんにも見《み》えなくなっていたのですから。

アリスは、立《た》ちあがって歩《ある》きだすことにしました。すぐに、ひろびろとした野原《のはら》に出《で》ました。むこうに森《もり》が見《み》えます。

「これが例《れい》の森《もり》ね、物《もの》に名前《なまえ》がないという。」

入《はい》ってみると、とてもひんやりとして、うす暗《ぐら》い森《もり》でした。

「気持《きも》ちがいいわ。こんなすずしい――この――このなんだっけ？」

アリスは、言葉《ことば》を思《おも》いつけないことにかなりおどろいて、木《き》の幹《みき》に手《て》をおいて「ここは――ここは――だからここよ！」と言《い》いました。

「これってなんていうんだっけ？　名前《なまえ》がないんだわ、きっと！」

アリスは、しばらくだまって考《かんが》えながら、立《た》ちすくんでいました。

「で、わたしってだれ？　なんとしても思《おも》い出《だ》すんだから！」

しかし、どんなにがんばっても、口《くち》にできたことと言《い》えば――

「リ、そう、**ぜったい**、リではじまる！」

そのとき、子《こ》ジカが通《とお》りがかり、やさしい目《め》でアリスを見《み》ました。

「君《きみ》、なんていう名前《なまえ》？」と、子《こ》ジカ。

「今《いま》のところ、ないの。あなたの名前《なまえ》を教《おし》えてもらえない？」

「もう少《すこ》し先《さき》で、教《おし》えてあげる。ここでは思《おも》い出《だ》せないから。」

そこで、アリスは子《こ》ジカのやわらかな首《くび》に腕《うで》をいとおしげにまわして、いっしょに森《もり》のなかを進《すす》んでいき、ひらけた野原《のはら》に出《で》ました。

子《こ》ジカはアリスの腕《うで》からするりとぬけて、喜《よろこ》びの声《こえ》をあげました。

「ぼくは子《こ》ジカだ！　そして、君《きみ》は、人間《にんげん》の子《こ》どもじゃないか！」

警戒《けいかい》の色《いろ》がその美《うつく》しい茶色《ちゃいろ》の目《め》にさっとうかび、つぎの瞬間《しゅんかん》、子《こ》ジカは、いちもくさんに逃《に》げさってしまいました。

アリスは今《いま》にも泣《な》きだしそうになって、しばらくそのあとを見送《みおく》って立《た》っていました。かわいい道連《みちづ》れをこんなにも急《きゅう》になくしてしまったことが、くやしくてしかたなかったのです。

「でも今《いま》は自分《じぶん》の名前《なまえ》がわかるからいいわ。アリス、もうわすれない。さて、ここに道《みち》しるべがふたつあるけど、どっちに行《い》けばいいの？」

これは大《たい》してむずかしい問題《もんだい》ではありませんでした。

道《みち》しるべはふたつあり、どちらも同《おな》じ方角《ほうがく》を指《さ》していたからです。

☜トゥイードルダムの家《いえ》へ

☜トゥイードルディーの家《いえ》へ

「そっか、同《おな》じ家《いえ》に住《す》んでいるんだ！　ふたりに森《もり》から出《で》る道《みち》を教《おし》えてもらおうっと！　暗《くら》くなる前《まえ》に八つめのますにつけたらなあ。」

そんなひとりごとを言《い》いながら歩《ある》きつづけ、やがて、急《きゅう》な曲《ま》がり角《かど》を曲《ま》がったところで、ふたりの太《ふと》った小男《こおとこ》に出《で》くわしました。

あまりにもとつぜんだったものですから、アリスは思《おも》わずあとずさりしましたが、つぎの瞬間《しゅんかん》、気《き》をとりなおして考《かんが》えたのです。

このふたりこそは、きっと――

4 トゥィードルダムとトゥィードルディー

ふたりは、木《き》の下《した》でたがいに肩《かた》を組《く》んで立《た》っていましたが、どちらがどちらか、すぐアリスにはわかりました。

だって、えりのところに、ひとりには「ダム」と刺《し》しゅうがしてあり、もうひとりには「ディー」と刺《し》しゅうがしてあったからです。

「どっちもえりの裏側《うらがわ》に≪トゥィードル≫って書《か》いてあるんだわ。」

アリスがうしろにまわって、それぞれのえりの裏《うら》をたしかめようとすると、とつぜん「ディー」と「ダム」が話《はな》しだしました。

「わてら、ロウ人形《にんぎょう》ちゃうよ。ぜーんぜん！」

「逆《ぎゃく》に、わてらが生《い》きとると思《おも》うんなら、話《はな》しかけんと。」
そのとき、アリスの頭《あたま》のなかで、なつかしい歌《うた》が鳴《な》りひびきました。

トゥィードルダムとトゥィードルディーは
戦《たたか》う、命《いのち》からーがら。
こわしたせいさ、トゥィードルディーが
新品《しんぴん》のガラーガラ。

そのとき飛《と》んできた大《おお》ガラス、
タールのようにまっくろけ。
勇気《ゆうき》もたるんで、恥《はじ》さらす、

けんかわすれてどっちらけ。

「あんたが考《かんが》えてはること、ちゃうんやな、ぜーんぜん！」

「逆《ぎゃく》に、そうやったら、そうかもしれへんけど、そうやあらへんで。」

アリスは、ひとまずふたりに聞《き》いてみました。

「この森《もり》からぬけ出《だ》す方法《ほうほう》を教《おし》えていただけないでしょうか？」

しかし、小《ちい》さなおでぶさんたちは、にやりとしただけでした。

ふたりはほんとに大《おお》きな小学生《しょうがくせい》みたいだったので、アリスは思《おも》わずトゥィードルダムを指《ゆび》さして「はい君《きみ》！」と言《い》ってしまいました。

「ぜーんぜん！」

「つぎの人《ひと》！」

DUM

アリスはトゥィードルディーに言《い》い、どうせ「逆《ぎゃく》に」とさけぶだろうと思《おも》ったら、そのとおりでした。
「ひとをたずねたら、まず『こんにちは』ゆうて握手《あくしゅ》するもんや！」
　ここで、ふたりはたがいにだきしめあい、それからあいているほうの手《て》でアリスと握手《あくしゅ》しました。
　アリスがふたりの手《て》をいっぺんにとると、つぎの瞬間《しゅんかん》、三人《にん》は輪《わ》になっておどっていました。

まったく自然《しぜん》ななりゆきでそうなったので、音楽《おんがく》が聞《き》こえてきたときも、おどろきませんでした。音楽《おんがく》はどうやら、三人《にん》がおどっている真上《まうえ》の木《き》から聞《き》こえてくるようです。バイオリンの弦《げん》と弓《ゆみ》のように枝《えだ》がこすれあって音《おと》が出《で》ているようでした。

そして、いきなりおどりが終《お》わりました。

トウィードルディーが、アリスにたずねました。

「あんた、詩《し》は好《す》きかいな？」

「え、ええ。でも道《みち》を教《おし》えてくださらないの？　あの、すぐにでも。」

しかし、ふたりはアリスをまったく無視《むし》して、

「この子《こ》になんの詩《し》をうたったろうか？」

「『セイウチと大工《だいく》さん』がいちばん長《なが》い」

などと言《い》って、たがいに「大好《だいす》き！」というふうにだきあいました。
そして、トゥィードルディーはすぐに詩《し》をうたいはじめました。

お日《ひ》さま、ぎらぎら 海《うみ》の上《うえ》。
どこもかしこもぴかぴかだ。
力《ちから》いっぱい照《て》りつけて、
きらめく波《なみ》もなめらかだ。
そいつは変《へん》だぜ、だって時刻《じこく》は
真夜中《まよなか》だ！

セイウチさんと大工《だいく》さん、
磯《いそ》を歩《ある》くよ、いそいそ。
どこもかしこも砂《すな》だらけ、
泣《な》けてきちゃうよ、めそめそ。
この砂《すな》すっかりなくそうなんて、
そりゃ、うそうそ。

さてと、大工《だいく》とセイウチは、
一里《り》歩《ある》いた、ぶらぶらと。
それからちょうどいい岩《いわ》に
こしをかけたよ、よいこらと。
小《ちい》さなカキたち、並《なら》んでいたよ、
ずらずらと。

1

2

「パンが一斤《きん》、ほしいなあ。」
と言《い》うはセイウチ、
おなかがグー。
「それから胡椒《こしょう》と酢《す》があれば、
言《い》うことないぜ、
とってもグー。
食事《しょくじ》にしよう。
負《ま》けたら食《く》うよ、
じゃんけんグー。」

3

「まさかぼくらを！」
とカキさけび、
青《あお》くなって、おどおど。
「あんなにやさしくしてくれて、
ぼくらを食《た》べる？　それも堂々《どうどう》！」
「夜《よる》はきれいだ。」セイウチ言《い》った。
「夜景《やけい》は、どおどお？」

4

「いらしてくれて
ありがとう！
みなさんとても、
おいしいなあ。」
いっぽう、大工《だいく》、ぼそりと言《い》う。
「パンのおかわり、
ほしいなあ。
さっきも言《い》ったぞ、
聞《き》いててくれなきゃ、
こまるなあ！」

そのときです。

近《ちか》くの森《もり》で蒸気機関車《じょうききかんしゃ》のしゅっしゅっしゅっというような音《おと》がしました。

「あれは、赤《あか》のキングのいびきや。」

「見《み》てきたらええ！」

兄弟《きょうだい》はさけび、それぞれアリスの手《て》をとって、キングがねむっているところへひっぱっていきました。

「な、かわいいやろ？」とトゥィードルダム。

正直《しょうじき》なところ、アリスには、かわいいとは思《おも》えませんでした。

キングは、先《さき》にぽんぽんのついた長《なが》くて赤《あか》いナイトキャップをかぶり、丸《まる》まって大《おお》いびきをかいていました。

「今《いま》、夢見《ゆめみ》とるんや。なんの夢《ゆめ》やと思《おも》う？」とトゥィードルディー。

「そんなの、わかりっこないわよ」と、アリス。

「なんと、あんたが出《で》てくる夢《ゆめ》やで！　もしキングがあんたの出《で》てくる夢《ゆめ》を見《み》んのやめたら、あんたはどないなる思《おも》う？」

「もちろん、このまま、ここにいるわ。」

ふたりは、ばかにしたように、またにやにやと笑《わら》いだしました。

「はーずれ！　おらんようになる。あんたはキングの夢《ゆめ》なんやから。」

「あんたは、夢《ゆめ》のなかにしかおらんから、キングが目《め》をさましたら、消《き》えてまうんや——ふっと——ロウソクみたいに！」

「消《き》えないわよ！」

「自分《じぶん》が本物《ほんもの》やないことくらい、自分《じぶん》でも、ようわかっとるやろ。」

「本物《ほんもの》です！」

アリスは、泣《な》きだしてしまいました。

「泣《な》いたって、ち〜っとも本物《ほんもの》にならへんで。」

「まさか、それ、本物のなみだやなんて思《おも》うてへんやろな？」

兄弟《きょうだい》たちは、いじわるく言《い》いました。

「なんて人《ひと》たちなの！」

アリスが怒《おこ》って立《た》ちさろうとしたとき、トゥィードルダムが、アリスの手《て》首《くび》を、がしっとつかまえました。

「見《み》た？」

と、ふるえる声《こえ》で言《い》って、木《き》の下《した》の小《ちい》さな白《しろ》いものを指《さ》しています。

「ただのガラガラよ、おもちゃの。こわれてる。」

「思《おも》ったとおりや！　こわされてもうたんや、こいつに！」

ここで、トゥイードルダムはトゥイードルディーをにらむと、トゥイードルディーは落《お》ちていたかさのなかにかくれようとしました。

「古《ふる》いガラガラのことでそんなに怒《おこ》ら

なくてもいいんじゃない？」

「古《ふる》いことあらへん！　新品なんや。新品《しんぴん》の**ガラーガラ！**」

トゥイードルダムは、怒《いか》りを爆発《ばくはつ》させてさけびました。

「もちろん、戦《たたか》うんやろな？」と、トゥイードルダム。

「うん、そやな」と、トゥイードルディー。

そこでふたりの兄弟《きょうだい》は手《て》に手《て》をとって森《もり》へ行《い》き、すぐに腕《うで》いっぱいに、長《なが》まくら、毛布《もうふ》、石炭《せきたん》バケツといったような物《もの》をかかえてもどってきました。それをせっせと身《み》につけはじめたのです。

「あんた、これ、首《くび》につけんの手伝《てつど》うて。」

トゥイードルディーは、アリスに長《なが》まくらをわたして、おごそかに言《い》いました。

「ぜったいにはずれんようにせんとな。なにしろ戦《たたか》いの最中《さいちゅう》に起《お》こりうる、もっとも深刻《しんこく》なことやで――首《くび》、切《き》られるっちゅうんは。」

アリスは笑《わら》い出《だ》しそうになるのを、なんとかしてごまかしました。

「わての顔《かお》、えらいまっさおやろか？」と、トゥィードルダム。

「えっと――そうね――すこし。」

「いつもごっつう勇敢《ゆうかん》なんやけど、今日《きょう》はたまたま頭痛《ずつう》がすんのや。」

「わてなんか歯痛《はいた》やで。おまえなんかより、ずうっと痛《いた》いんや！」

と、トゥィードルディー。

「じゃあ、今日《きょう》は戦《たたか》うのをやめなさいな。」

アリスは、仲直《なかなお》りをさせるよい機会《きかい》だと思《おも》って言《い》いました。

「今《いま》、何時《なんじ》？」と、トゥィードルダム。

「四時半《じはん》」と、トウィードルディー。

「六時《じ》まで戦《たたか》って、それから晩《ばん》めしにしよ。」

トウィードルディーは悲《かな》しそうにうなずきました。

「大《おお》ガラスが来《き》て、ケンカを止《と》めてくれたらいいのに！」

アリスがさっきの歌《うた》を思《おも》い出《だ》してねがうと、大《おお》きな黒雲《くろくも》のようなものが空《そら》をおおいつくし、あたりがとつぜん暗《くら》くなりました。

「大《おお》ガラスや！」

ふたりの兄弟《きょうだい》は逃《に》げ出《だ》し、すがたを消《け》してしまいました。

アリスは、森《もり》のなかへ走《はし》りこみ、大《おお》きな木《き》の下《した》で足《あし》を止《と》めました。

「こ、ここならだいじょうぶ。あらら、だれかのショールが飛《と》んできた！」

5 ウールと水《みず》

アリスは、ショールをつかまえ、あたりを見《み》まわしました。

つぎの瞬間《しゅんかん》、白《しろ》のクイーンが森《もり》のなかを走《はし》ってきました。

アリスはショールを持《も》って、うやうやしくあいさつをしました。

「ごきげんよろしゅうございます、女王陛下《じょおうへいか》。さあ、どうぞ。」

アリスは、ショールをクイーンにかけてあげました。

クイーンは、ものすごくだらしないかっこうをしていました。

「まあ、髪《かみ》がぼっさぼさ！」アリスはおどろいて言《い》いました。

「ブラシがからまって、髪《かみ》のなかから出《で》てこないのよ」と、クイーン。

「お付《つ》きの侍女《じじょ》をおかかえになるべきですわ！」

「あなたをよろこんで採用《さいよう》しましょう！　週《しゅう》に七十五円《えん》のお給金《きゅうきん》で。一日《にち》おきにジャムつきで。」

アリスは思《おも》わず笑《わら》って答《こた》えました。

「わたしをやとってほしいということじゃないんです。それにジャムはけっこうです、今日のところは。」

「ほしくたって手《て》に入《はい》るもんじゃないのよ。明日《あした》のジャムや、きのうのジャムはあっても――今日のジャムは決《けっ》してないんだから。」

「よくわかりません。なにをおっしゃっているのですか？」

「わからないのは、うしろむきに生《い》きるのにまだなれてないせいね。」

「うしろむきに生《い》きるですって！」

「そう。うしろむきに生《い》きると、クイーン。記《き》憶《おく》が前《まえ》にもうしろにも働《はたら》くのよ」と、

「起《お》こってもないものは思《おも》い出《だ》せないわ。」

「だめね、一方向《いっぽうこう》にしか働《はたら》かないおくれた記《き》憶《おく》なんて。きおくれっていうやつね。わたしなんて、さ来週《らいしゅう》の記《き》憶《おく》もあるわ。

たとえば今《いま》、王様《おうさま》の使者《ししゃ》が罰《ばつ》として牢屋《ろうや》に入《い》れられています。裁判《さいばん》は今度《こんど》の水曜《すいよう》までは

じまりさえしない。そしてもちろん、罪《つみ》をおかすのはいちばんあと。」

クイーンは、指《ゆび》に大《おお》きな絆創膏《ばんそうこう》をはりながら話《はな》しました。

「罪《つみ》をおかしてないのに罰《ばつ》を受《う》けるなんて、よくありません。」

「あ、あ、あなたは罰《ばつ》を受《う》けたことがあって？」

「悪《わる》いことをしたときだけです。しなかったら罰《ばつ》を受《う》けていません。」

「悪《わる》いことをしないなら、かえっていいじゃないの！　それでますますよい子《こ》になったわけでしょ！」

アリスが「どこかがまちがっている」と言《い》おうとしたとたん、クイーンが大声《おおごえ》でさけびはじめました。

「おお、おお、おお！　指《ゆび》から血《ち》が出《で》た！　おお、ぽおお、ぽおお！」

そのさけび声《ごえ》は、蒸気機関車《じょうききかんしゃ》の汽笛《きてき》のようでした。

「どうなさったんですか？　指《ゆび》になにかささったんですか？」

「まださしてはいませんよ。もうすぐさすんです――おお、ぽおお！」

「いつさすご予定《よてい》ですか？」

と、アリスは、すっかり笑《わら》いたくなってたずねました。

「こんどショールをとめるときですよ。すぐにブローチがはずれるんです。おお、おお！」

　そう言《い》っているうちに、ブローチがぱちっとはずれ、クイーンはそれをらんぼうにつかみました。

「あぶない！」

　手《て》おくれでした。ピンがはずれて、指《ゆび》をさしてしまったのです。

「こういうわけで血《ち》が出《で》たのですよ。もう、ここでのものごとの起《お》こりかたがおおわかりになったわね。」

クイーンは、ほほえんでアリスに言《い》いました。

「でもどうして今、おさけびにならないんですか？」

「さけぶのはもう全部《ぜんぶ》すませましたから。」

このころには、あたりは明《あか》るくなってきていました。

「カラスは飛《と》びさったんだわ。いなくなってよかった。」

アリスはほっとすると、急《きゅう》にひとりぼっちな気分《きぶん》になりました。

「ここはとってもさびしい！　ありえないことばかり！」

大《おお》きな二粒《ふたつぶ》のなみだが、アリスのほおを伝《つた》って流《なが》れました。

クイーンはすっかりおどろいてしまいました。

「まあ！　ありえないことを信《しん》じないの？　信《しん》じるおけいこが足《た》り

ないのね。わたしなんて、毎日三十分《まいにちさんじっぷん》はおけいこしたものですよ。

朝《あさ》ごはん前《まえ》に、ありえないことを六つも信《しん》じたことだってあります。」

アリスは、泣《な》いている最中《さいちゅう》にもかかわらず、笑《わら》いだしました。

「ありえないことを六つも信《しん》じるなんて、むりよ。」

と、突風《とっぷう》がショールを小川《おがわ》のむこうへふき飛《と》ばしてしまいました。

「あ、また、ショールが飛《と》ばされた！」

クイーンはそのあとを飛《と》んでいきました。

「もうお指《ゆび》はだいじょうぶなんですか？」

と、アリスがクイーンを追《お》って小川《おがわ》をまたいだ、そのときです――

「ええ、ずっといいの！　めっちゃいいの！」

クイーンの返事《へんじ》が、こんなふうに変《か》わっていきました。

「めっちゃええわ！　めぇえーちゃえぇー！　めぇえ！　めぇえ！」

最後《さいご》の言葉《ことば》はヒツジのような長《なが》い鳴《な》き声《ごえ》になったので、アリスはたいそうびっくりしました。

クイーンは、とつぜん羊毛《ようもう》でからだをくるんだように見《み》えました。

アリスは、目《め》をこすって、もう一度《いちど》見《み》てみました。

ここはお店《みせ》のなかでしょうか？　ずいぶん暗《くら》いです。

それに、カウンターのむこう側《がわ》にすわっているのは、ヒツジ？　年《とし》とったヒツジがひじかけイスにすわって編《あ》み物《もの》をし、ときおり手《て》をやすめては、大《おお》きなメガネごしにアリスを見《み》ているのです。

「なにを買《か》いたいんだね？」

ヒツジが、編《あ》み物《もの》の手《て》をとめ、目《め》をあげて言《い》いました。

ヒツジは、十四組《くみ》の編《あ》み棒《ぼう》を一度《いちど》に動《うご》かしていたので、アリスはたいへんおどろいて見《み》つめずにはいられませんでした。

「どうしてあんなにたくさんの編《あ》み棒《ぼう》で編《あ》めるのかしら？」

アリスはわけがわからなくなって考《かんが》えました。

「ボートはこげるかい？」

ヒツジはそう言《い》いながら編《あ》み棒《ぼう》を一組《くみ》アリスに手《て》わたしました。

n This Style 10/6

「ええ、でも、陸《りく》の上《うえ》ではこげないし――それに編《あ》み棒《ぼう》ではむり――」
　そうアリスが言《い》いかけると、とつぜん編《あ》み棒《ぼう》はアリスの手《て》のなかでオールになり、ふたりはいつのまにか小《ちい》さなボートに乗《の》って土手《どて》のあいだをすべるように進《すす》んでいるのでした。だから、アリスはがんばってこぐしかありませんでした。
　ボートはなめらかに流《なが》れ、ときどき水草《みずくさ》のむらがるあいだを通《とお》ったり、木々《きぎ》の下《した》を通《とお》ったりしました。

「あ、イグサの花《はな》があるわ！　ちょっと寄《よ》り道《みち》して、つんでもいい？」

ボートは、流《なが》れのままにたゆたうことになりました。

そして、アリスは、ひとみをきらきらとかがやかせながら、すてきなイグサの花《はな》につぎつぎと手《て》をのばしていったのです。

「わあ、いい香《かお》り！」

つんだとたんにお花《はな》は、しおれはじめました。これは夢《ゆめ》のお花《はな》でしたから、アリスの足《あし》もとに山《やま》と積《つ》まれたまま、まるで雪《ゆき》のようにじわりじわりと消《き》えていったのです。

でも、アリスはほとんどそれに気《き》づいていませんでした。

そのうちに、オールの先《さき》が水《みず》にはまってしまい、おかげでオールの柄《え》がアリスのあごの下《した》にひっかかりました。

「あっ、ああ、ああ！」

かわいそうに、アリスはお花《はな》の山《やま》のなかにたおれてしまいましたが、けがひとつなく、すぐに起《お》きあがりました。

ヒツジは、あいかわらず編《あ》み物《もの》をつづけながら言《い》いました。

「みごと、カニをつかんだね！」

（「カニをつかむ」とは、「オールを水《みず》にとられ、こぎ手《て》がひっくりかえってしまう」という特別《とくべつ》な言《い》いまわしです。）

アリスは、ボートのふちから水中《すいちゅう》を注意深《ちゅういぶか》くのぞきこみました。

「え？　このあたりはカニが多《おお》いんですか。」

「なにやカニやいろいろね。よりどりみどりさ、どれになさいますか。さあ、どれをお買《か》いもとめになりますか？」

「お買《か》いもとめですって！」

アリスは、びっくりし、おびえた口調《くちょう》でくりかえしました。

というのも、オールも、ボートも、川《かわ》も、たちどころに消《き》えてしまい、またあの小《ちい》さな暗《くら》い店内《てんない》にもどっていたからです。

「卵《たまご》をひとつ、おねがいします。おいくらですか？」

「ひとつ二百円《えん》――ふたつで七十五円《えん》。」

「ふたつのほうがひとつよりお安《やす》くなるの？」

「ただし、ふたつ買《か》うなら、両方《りょうほう》とも食べなければなりませんよ。」

「じゃあ、ひとつください。」

アリスはお代《だい》をカウンターの上《うえ》に置《お》きながら言《い》いました。だって、

「おいしくないかもしれないじゃない？」と、思《おも》ったからです。

ヒツジは代金《だいきん》を受《う》けとると、箱《はこ》にしまってこう言《い》いました。

「品物《しなもの》は、手《て》わたししないことにしてましてね。」

そう言《い》うと、ヒツジはわざわざお店《みせ》の反対側《はんたいがわ》まで行《い》って、たなの
上《うえ》に卵《たまご》を立《た》てました。

「はい、ご自分《じぶん》でおとりください。」

お店《みせ》の奥《おく》はかなり暗《くら》かったので、アリスはテーブルやイスのあい

だを手《て》さぐりで進《すす》みながら思《おも》いました。

「あの卵《たまご》、近《ちか》づけば近《ちか》づくほど遠《とお》ざかってるみたい。これはイスかな？　ちがう、枝《えだ》だった！　こんなところに木《き》が生《は》えてるなんて、どういうこと！　こんなおかしなお店《みせ》、見《み》たことない！」

そうして、アリスは一歩《ぽ》ごとにどんどんふしぎに思《おも》いながら進《すす》んでいきました。近《ちか》づいたとたん、なにもかも木《き》になってしまうのです。きっと卵《たまご》だってそうなるにちがいないと思《おも》いました。

6 ハンプティ・ダンプティ

すっかり近《ちか》づいてみると、卵《たまご》は**ハンプティ・ダンプティ**その人《ひと》であることがはっきりしました。

「まちがえようがないわ！　顔《かお》じゅうにハンプティ・ダンプティって書《か》いてあるようなものね。それにしても本当《ほんとう》に卵《たまご》そっくり！」

その巨大《きょだい》な顔《かお》には軽《かる》く百回《かい》ぐらい名前《なまえ》が書《か》けそうです。ハンプティ・ダンプティは、あぐらを組《く》んで高《たか》い塀《へい》の上《うえ》にすわっていました。あんなうすい塀《へい》の上《うえ》で、よくもまあ落《お》ちないでいられるものです。

アリスはそこに立《た》ったまま、そっと口《くち》ずさみました——

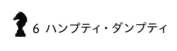

ハンプティ・ダンプティ、すわってた、塀《へい》。
ハンプティ・ダンプティ、落《お》ちたよ、へえ。
王様《おうさま》の兵隊《へいたい》と騎馬隊《きばたい》だって、
ハンプティ・ダンプティをもとにもどせなかったって。

「最後《さいご》の行《ぎょう》は詩《し》にしては長《なが》すぎるわ。」

アリスは、つい口《くち》に出《だ》して言《い》ってしまいました。

「そんなふうに、ぺちゃくちゃしゃべって、つっ立《た》っているもんじゃない。名前《なまえ》と用件《ようけん》を言《い》いなさい。」

ハンプティ・ダンプティは、とつぜん話《はな》しはじめました。

「わたしの名前はアリスですが――」

「ばかげた名前《なまえ》だ！　なぞなぞも言《い》いなさい！」

「あの、そんなところにすわっていて、あぶなくありませんか？」

アリスはなぞなぞを出《だ》すつもりはなく、心配《しんぱい》してたずねました。

「おっそろしくやさしいなぞなぞだなあ！　もちろんあぶなくない！」

ここで、口《くち》をすぼめて、あまりにもまじめくさってえらそうにし

たので、アリスはもう少《すこ》しで笑《わら》ってしまうところでした。

「万一落《まんいちお》ちようものなら、王様《おうさま》がわしにおやくそくくださったのだ――王様《おうさま》がわしに――王様《おうさま》おんみずから――つまり、その――」

「王様《おうさま》の兵隊《へいたい》と騎馬隊《きばたい》が力《ちから》を合《あ》わせて助《たす》けてくださると。」

アリスはおろかにも口《くち》をはさんでしまいました。

「ぬすみ聞《ぎ》きをしていたな！　さもなければ、わかるはずがない！」

「そんなことしていませんわ。ご本《ほん》に書《か》いてあるんです。」

「ほう、なるほど！　本にならば書《か》いてあるだろう。」

ハンプティ・ダンプティは、とくいそうな声《こえ》で言《い》いました。

「こんどはわしが質問《しつもん》を出《だ》そう。君《きみ》はいくつと言《い》ったかね？」

「七歳《さい》と六カ月《げつ》です。」

「はずれ！　君《きみ》はそんなこと一言《ひとこと》も言《い》ってないもんね！」

と、ハンプティ・ダンプティは勝《か》ちほこってさけびました。

「『年《とし》はいくつ？』と聞《き》かれたんだと思《おも》って。」

「そう聞《き》きたければ、そう言《い》ったさ。」

アリスは言《い》い合《あ》いをしたくなかったので、何《なに》も言《い》いませんでした。

「七歳《さい》と六カ月《げつ》か！」

ハンプティ・ダンプティは考《かんが》え深《ぶか》げにくりかえしました。

「どうも中途《ちゅうと》はんぱな年齢《ねんれい》だ。わしのところに相談《そうだん》に来《き》ておれば、『七歳《さい》でやめとけ』と忠告《ちゅうこく》したところだ――もう手《て》おくれだが。」

「ご忠告《ちゅうこく》いただかなくとも、大《おお》きくなります。」

アリスはぷんとして言《い》いました。

「高慢《こうまん》ちきだな？」

「ひとはひ、ひとりでに大《おお》きくなる、という意味《いみ》で言《い》ったのです。」

「ひとりでは、そうかもしれないが、だが、ふたりで、ならちがう。きちんとした手助《てだす》けがあれば、七歳《さい》でやめられたかもしれない。」

「なんてきれいなベルトをなさっているのかしら！」

アリスは急《きゅう》に言《い》いました。年《とし》の話《はなし》はもうたくさんでしたし、かわりばんこに話題《わだい》をえらぶなら、こんどはアリスの番《ばん》なのです。

「いえ、そのう、きれいなネクタイと言《い》うべきだったかしら——あ、やっぱりベルトですよね——ごめんなさい！」

アリスはまごついて言《い》いました。

(だってわからないんだもの。どこが首《くび》で、どこが腰《こし》なのか！)

明《あき》らかにハンプティ・ダンプティは怒《おこ》っていて、こう言《い》いました。

「まっ、まったくもって、しゃくにさわることだ、ネクタイとベルトのちがいも知《し》らんとは！」

「わたし、本当《ほんとう》にものを知《し》らないものですから。」

アリスがあまりにもしおらしく言《い》うので、ハンプティ・ダンプティは怒《いか》りをやわらげました。

「これはな、ネクタイなのだよ、それも、白《しろ》のキングとクイーンからのプレゼントなのだ。どうだ！」

「本当《ほんとう》ですか？」

アリスは、いい話題《わだい》をえらんだと思《おも》い、とてもうれしくなりました。

「両陛下《りょうへいか》からいただいたのは、非誕生日《ひたんじょうび》プレゼントとしてだった。」

「非《ひ》誕生日《たんじょうび》プレゼントってなんですか？」

「誕生日《たんじょうび》じゃないときにもらうプレゼントだよ、もちろん。」

アリスは少《すこ》し考《かんが》えてから、ようやく、

「わたしはお誕生日《たんじょうび》プレゼントが好《す》き」と、言《い》いました。

「自分《じぶん》でなにを言《い》っているのかわかってないな！　一年《ねん》は何日《なんにち》ある？」

「三百六十五日《にち》です。」

「そのうち、君《きみ》の誕生日《たんじょうび》は何回《なんかい》ある？」

「一回《かい》。」

「じゃあ、三百六十五から一をひくと、のこりは？」

「三百六十四よ、もちろん。」

ハンプティ・ダンプティは、そうかなあという顔《かお》をしました。

「紙《かみ》に書《か》いてみたほうがいいな。」

アリスはメモ帳《ちょう》を取《と》り出《だ》しながら、思《おも》わずほほえみました。そして、ハンプティ・ダンプティのために計算《けいさん》をしてあげました。

ハンプティ・ダンプティはメモ帳《ちょう》を受《う》けとり、しげしげとながめて、「まちがいはなさそうだ――」と言《い》いかけました。

「紙《かみ》がさかさまですよ！」

「なるほど、そうだった！」

アリスがぐるりとメモ帳《ちょう》をまわしてやると、
ハンプティ・ダンプティは、陽気《ようき》に言《い》いました。

$$\begin{array}{r} 365 \\ -\quad 1 \\ \hline 364 \end{array}$$

「これで非誕生日《ひたんじょうび》プレゼントをもらえるのは、三百六十四日《にち》だということがわかる。ところが、お誕生日《たんじょうび》プレゼントをもらえるのはたった一日《にち》だろ。こりゃ、君《きみ》にとって栄誉《えいよ》だ！」

「どうして『栄誉《えいよ》』か、わからないんですけど。」

ハンプティ・ダンプティは、
小《こ》ばかにしたようにほほえみました。

「そりゃ、わからんだろうよ、わしが教《おし》えてやるまでな。

『こいつは君《きみ》がぎゃふんというすてきな議論《ぎろん》だ！』という意味《いみ》だ。」

「でも『栄誉《えいよ》』は『ぎゃふんというすてきな議論《ぎろん》』じゃありません。」

「わしが言葉《ことば》を使《つか》うときは、言葉《ことば》はわしが意味《いみ》させようとしたものを意味《いみ》する――それ以上《いじょう》でも以下《いか》でもない。」

アリスがすっかりめんくらってだまっていますと、しばらくしてハンプティ・ダンプティがまた言《い》いました。

「言葉《ことば》には短気《たんき》なやつもいる。とくに動詞《どうし》だ。動詞《どうし》はどうしようもなく鼻《はな》もちならない。形容詞《けいようし》はこちらのいうとおりにオーケー、ヨーシ、とやってくれるのだがね。しかし、わしなら、動詞《どうし》をおおぜい同《どう》志《し》としておる！　不可入性《ふかにゅうせい》！　まさにそいつだ！」

「それはどういう意味《いみ》でしょうか？」

「ようやく、まともな子《こ》どもらしい口《くち》のききかたができたな。」

ハンプティ・ダンプティは、かなりごきげんになって言《い》いました。

「『不可入性《ふかにゅうせい》』というのは、『その話題《わだい》はもうたくさんだから、君《きみ》がつぎにどうするつもりか言《い》ったほうがよかろう』ということだ。」

「言葉《ことば》の意味《いみ》を説明《せつめい》するのが、とってもおじょうずなんですね。『ジャバーウォッキー』という詩《し》の意味《いみ》を教《おし》えていただけませんか？」

「聞《き》かせてもらおうか。」

アリスは最初《さいしょ》の節《せつ》を暗唱《あんしょう》しました。

そはやきに時《どき》　ぬなやかな　濤蔀《とうぶ》ら、
　にもずをじゃいり、錐《きり》めく。
みなみじろい、襤褸濠蕪《ぼろごうぶ》ら、
　いえかはな拉子《らーす》ら、わめしゃめく。

「まずはそこまででじゅうぶんだ。」

ハンプティ・ダンプティが止《と》めました。

「むずかしい言葉《ことば》がたくさんある。『やきに時《どき》』とは午後四時《ごごじ》のこと。

夕飯《ゆうはん》のために『焼《や》き物《もの》』や『煮物《にもの》』を作《つく》りはじめる『とき』だ。」

「なるほど、よくわかります。では、『ぬなやかな』は？」

「うむ、『ぬなやかな』は、『しなやか』かつ『ぬるぬるしている』ということだ。つまり、旅行《りょこう》カバンみたいなもんでね、ふたつの意《い》味《み》がひとつの言葉《ことば》におさまっているわけだ。」

「じゃあ、『濤部《とうぶ》ら』は？」

「うむ、『濤部《とうぶ》』は、アナグマみたいなもので、コルクぬきみたいなものさ。連中《れんちゅう》は、日時計《ひどけい》の下《した》に巣《す》を作《つく》り、チーズを主食《しゅしょく》とする。」

「それで、『襤褸濠蕪《ぼろごうぶ》ら』は？」

「『襤褸濠蕪《ぼろごうぶ》』というのは、うすっぺらで、羽《はね》がからだじゅうからつき出《で》ているだらしない鳥《とり》だ。『拉子《らーす》』とは一種《いっしゅ》の緑《みどり》ブタだが、『いえかはな』というのはよくわからない。

たぶん『家《いえ》からはなれて』の省略形《しょうりゃくけい》ではないかな。

こんなむずかしい詩《し》を君《きみ》に聞《き》かせたのはだれだい？」

「ご本《ほん》で読《よ》んだんです。」

「ほう。詩《し》といえば、わしは詩《し》を読《よ》むのはだれにも負《ま》けない。朗読《ろうどく》するということになれば――」

「あの、そういうことにならなくていいです！」

アリスは、朗読《ろうどく》をはじめてほしくありませんでした。

「今《いま》から朗読《ろうどく》する詩《し》は、君《きみ》を楽《たの》しませるためにのみ書《か》かれたものだ。」

それなら聞《き》いてあげなければと思《おも》ったアリスは、すわって、とても悲《かな》しげに「ありがとうございます」と言《い》いました。

ぼくはお魚《さかな》にごきげんうかがい、
そして伝《つた》える「ぼくのおねがい」
お魚《さかな》たちのお返事《へんじ》、読《よ》んだらば、
「ぼくらにはできません、
なぜならば――」

そこで手《て》に入《い》れたのさ、
新《あたら》しいやかん。
任務遂行《にんむすいこう》には最適《さいてき》の予感《よかん》。
ぼくは、たなかからコルクぬきを取《と》って、
やつらに会《あ》いに行《い》った、思《おも》い切《き》って。
ドアがしまっているのを見《み》ながら、
ぼくは取《と》っ手《て》をまわした。
しかしながら――

長《なが》い沈黙《ちんもく》がありました。

「あの、それでおしまい？」と、アリス。

「それでおしまい。さよなら。」

これはあまりにも急《きゅう》でしたが、とどまるのも礼儀《れいぎ》に反《はん》する気《き》がして、アリスは手《て》をさしだして、できるだけ明《あか》るく言《い》いました。

「さようなら、またお会《あ》いしましょうね。」

ハンプティ・ダンプティは、めんどうくさそうに、指《ゆび》一本《ぽん》だけさしだして握手《あくしゅ》しました。

アリスはそこから立《た》ちさるとき、こっそりつぶやきました。

「今《いま》までいろいろ不《ふ》ゆかいきわまりない人《ひと》に会《あ》ったけれど――」

ちょうどそのとき、森《もり》じゅうがドーンとゆれたのでした。

7 ライオンとユニコーン

つぎの瞬間《しゅんかん》、兵隊《へいたい》がおおぜい森《もり》のなかを走《はし》ってやってきたので、アリスはこわくなって、木《き》のかげにかくれて見守《みまも》りました。なんだかおかしな兵隊《へいたい》です。しょっちゅうなにかにつまずくのです。だれかがころぶと、その上《うえ》に何人《なんにん》かがわっとたおれこみ、やがてあたりいちめん兵隊《へいたい》の小山《こやま》ができてしまいました。

それから、騎馬隊《きばたい》もやってきました。これまた、ときどきけつまずき、しかも馬《うま》がよろめくと乗《の》り手《て》はすぐ落《お》っこちました。

刻一刻《こくいっこく》と混乱《こんらん》はひどくなったので、森《もり》からぬけ出《だ》してひろびろと

した場所《ばしょ》に出《で》てきたとき、
アリスはとてもほっとしました。
そこには白《しろ》のキングがいました。

「やあ、おじょうさん。ちょいとたのむが、この道《みち》の先《さき》のほうを見《み》てくれんか。だれか見《み》えてこんかね。」

「道《みち》に見《み》えるのは――だれもいません。」

「わしにもそんな目《め》があったらのう。その距離《きょり》から《だれもいませんん》が見《み》えるとは！　わしなど、本物《ほんもの》の人間《にんげん》ぐらいしか見《み》えんよ！」

キングがこんなことを言《い》っても、アリスは聞《き》いていませんでした。まだ片手《かたて》を額《ひたい》にかざして、一生《いっしょう》けんめい道《みち》を見《み》ていたからです。

「こんどは、だれかが見《み》えました！　でも、なにかへんです！」

というのも、やってきた伝令《でんれい》は、とてもゆっくりぴょんぴょことびはねながら、両手《りょうて》をうちわみたいにぱたぱた両側《りょうがわ》にひろげていたからです。しかも、ウナギみたいに、からだをうねらせていました。

「あいつはウシャギ。うれしいときだけ、あんなことをするのじゃ。」

キングは、《ウシャギ》の名《な》をほとんど《ウサギ》と発音《はつおん》しました。

「『う』ではじまるあの人《ひと》は――」

アリスは、思《おも》わずいつもやっている言葉遊《ことばあそ》び歌《うた》をはじめました。

「大好《だいす》き、だってうれしいお人《ひと》。きらいよ、だってうざったい。お食事《しょくじ》あげましょ――う――う――うす切《ぎ》りハムのサンドイッチ、ウマの干《ほ》し草《くさ》。ウシャギという名《な》のあの人《ひと》の、住《す》んでるところは――」

アリスが《う》ではじまる町《まち》の名前《なまえ》をぐずぐずさがしていると――

「住《す》んでるところは裏山《うらやま》じゃ。」

キングがなんの気《き》なしに言《い》いましたが、おゆうぎに参加《さんか》しているつもりはありませんでした。

「もうひとりの伝令《でんれい》はボウシャじゃ。ふたりいなければならん――行《い》ったり、来《き》たりするのに。ひとりは行《い》き、ひとりは来《く》る。」

「どういうこと？」

「どういう子《こ》とも、いっしょじゃない。いつもひとりじゃ。」

「そうじゃなくて、どうしてひとりは行《い》き、ひとりは来《く》るんですか？」

「だから、言《い》ったろう？ 使《つか》い走《ばし》りには、ふたり必要《ひつよう》なんじゃ。ひとりは使《つか》い、ひとりは走《はし》る。」

ちょうどそのとき、伝令《でんれい》が到着《とうちゃく》しました。

ウシャギの伝令《でんれい》は、はあはあ息《いき》を切《き》らして、その大《おお》きな目玉《めだま》をぎょろぎょろ、ぐるぐるはげしく回《まわ》しました。

「こわいぞ、おどかすな！ うす切《ぎ》りハムのサンドイッチをもて！」

すると伝令《でんれい》は首《くび》からかけていたふくろを開《ひら》いて、サンドイッチをキングにわたしました。キングはがつがつとめしあがりました。

「サンドイッチのおかわり！」

「あとは干《ほ》し草《くさ》しかありません。」

「じゃあ、干《ほ》し草《くさ》。」

干《ほ》し草《くさ》をむしゃむしゃ食《た》べると、キングはすっかり元気《げんき》になりました。

「道《みち》でだれかを追《お》いこしたかね？」

キングは、もっと干《ほ》し草《くさ》をと、手《て》

をさしだしながら、たずねました。

「だれもいません」と、伝令《でんれい》。

「なるほど。こちらの若《わか》いレイディーもやつを見《み》たそうじゃ。ということは、もちろん、おまえより歩《ある》きがのろいのは《だれもいません》ということになるのう。」

「わたしより速《はや》く歩《ある》く者《もの》はだれもいません」

と、伝令《でんれい》はむっとした声《こえ》で言《い》いました。

「そんなはずはない。もしそうなら、やつはここに先《さき》についているはずじゃ。とにかく、町《まち》で起《お》こったことを知《し》らせてくれ。」

「では小声《こごえ》で。」

伝令《でんれい》はそう言《い》って、口《くち》に両手《りょうて》をそえてキングの耳《みみ》もとにかがみこみました。アリスも聞きたかったので、ざんねんに思いました。

ところが、伝令《でんれい》は声《こえ》をかぎりにさけんだのでした。

「**やつらは、またはじめましたぁ！**」

「それが小声《こごえ》かね!?」

キングは、とびあがって、ぶるぶるふるえながらさけびました。

「こんど、そんなまねしてみろ！　バターをぬりたくってやるぞ!!」

「だれがまたはじめたんですか？」と、アリス。

「なに、ライオンとユニコーンじゃよ、もちろん。」

「王冠《おうかん》をめぐって、けんかを？」

「そのとおり。しかも、ふざけたことに、そいつはわしの王冠《おうかん》なのじゃよ！　ひとっ走《ぱし》りいって、見《み》てこよう。」

そこでみんなは走《はし》り出《だ》しました。

アリスは走《はし》りながら、昔《むかし》の歌《うた》の文句《もんく》をそっと言《い》ってみました。


ライオンがユニコーンと、たたかった。

王冠《おうかん》よこせと町《まち》じゅうで、こてんぱん。

ある人《ひと》あげたよ、白《しろ》パン。レーズン・ケーキに黒《くろ》パン。

たいこたたいて追《お》い出《だ》せ、パンパカパン。


「勝《か》った——ほうは——王冠《おうかん》を——もらえるの？」

息《いき》が切《き》れてしまったアリスは、こう聞《き》くのがやっとでした。

「とんでもない！」

と、キングは言《い》いました。

やがて、たいへんな人《ひと》だかりが見《み》えてきました。

そのまん中《なか》でライオンとユニコーンが戦《たたか》っています。

三人《にん》のすぐそばには、もうひとりの伝令《でんれい》ボウシャが、片手《かたて》にお茶《ちゃ》のカップを、片手《かたて》にバターつきパンを持《も》って、戦《たたか》いを見守《みまも》っていました。

「あいつは牢屋《ろうや》から出《で》てきたばかりなんだが、あそこじゃ、くだいたカキのからしか出《だ》してくれないから、あのとおり腹《はら》ぺこなのさ。」

ウシャギはアリスにこっそりささやきました。それから、

「やあ、君《きみ》、牢屋《ろうや》のいごこちはよかったかい？」

と、こんどはボウシャの首《くび》に腕《うで》をまわしました。

ボウシャは、なみだを一、二滴《てき》はらはらとこぼすだけでした。

「なにか言《い》えよ、言《い》えないのかよ！」

ウシャギはいらいらとさけびました。

しかし、ボウシャはただもぐもぐ食《た》べて、
お茶《ちゃ》を飲《の》むばかりです。

「言《い》うのじゃ！　戦《たたか》いはどうなっておる？」

と、キングが声《こえ》をはりあげました。

ボウシャは、パンをのどにつまらせて、くるしそうに答《こた》えました。

「とてもよい感《かん》じです。どちらも、八十七回《かい》ほどダウンしました。」

「では、まもなく白《しろ》パンと黒《くろ》パンがはこびこまれるのかしら？」

と、アリスは思《おも》い切《き》って聞《き》いてみました。

「いつでもはこびこむ用意《ようい》はできております」と、ボウシャ。

そのとき戦《たたか》いに小休止《しょうきゅうし》が入《はい》り、ライオンとユニコーンは、はあはあ言《い》いながらすわりこんだので、キングが声《こえ》をはりあげました。

「**十分間《じっぷんかん》、おやつの時《じ》かぁぁん！**」

ウシャギとボウシャは、白《しろ》パンと黒《くろ》パンをのせた円《まる》いおぼんを持《も》ってまわりました。アリスはひとつ味見《あじみ》をしてみましたが、ぱさ、ぱさ、ぱさにかわいていました。

ちょうどそこへユニコーンがやってきて、アリスをふしぎそうに見《み》つめました。

「なんだぁ――これ？」

「人間《にんげん》の子《こ》どもですよ。」

ウシャギが、紹介《しょうかい》しようと、アリスの前《まえ》にしゃしゃり出《で》ました。

「今朝《けさ》、見《み》つけたばかりですがね、実物大《じつぶつだい》で、本物《ほんもの》びっくりです！」

「人間《にんげん》の子《こ》なんていうのは、お話《はなし》に出《で》てくる怪物《かいぶつ》かと思《おも》ってたよ。生《い》きてるのかね？」

「口《くち》をききます」

と、ボウシャは、もったいぶって言《い》いました。

ユニコーンは、夢見《ゆめみ》るようにアリスを見《み》ました。

「口《くち》をきいてみな、子《こ》ども。」

アリスは、つい笑顔《えがお》になって、こう切《き》りだしました。

「わたしも、ユニコーンというのは、お話《はなし》に出《で》てくる怪物《かいぶつ》だと思《おも》っていたんですよ。」

「うむ、おまえがおれさまの存在《そんざい》を信《しん》じるなら、おれさまもおまえの存在《そんざい》を信《しん》じよう。そういう取《と》り決《き》めでどうだ？」

「ええ、けっこうです。」

「さあ、干《ほ》しブドウ入《い》りの菓子《かし》をとってこい、じいさん！　黒《くろ》パンなんかごめんだぜ！」

「菓子《かし》？　こまりました、いえ、かしこまりました、いや、かしこまりました！」

キングはぶつぶつ言《い》いながら、ボウシャを手《て》まねきしました。

「ふくろを開《あ》けろ！　急《いそ》げ！　その干《ほ》し草《くさ》のふくろじゃない！」

ボウシャは、ふくろから大《おお》きなケーキを取《と》り出《だ》し、それをアリスに持《も》っていてもらい、そのあいだにお皿《さら》とナイフを取《と》り出《だ》しました。

どうしてそんなものがつぎつぎに出《で》てくるのかアリスには見当《けんとう》もつきませんでした。まるで手品《てじな》みたい！　とアリスは思《おも》いました。

そうこうするうちにライオンがみんなの仲間入《なかまい》りをしていました。

ライオンはアリスを見《み》ると、うつろな深《ふか》い声《こえ》で言《い》いました。

「なんだこりゃ！」

ユニコーンがいきおいこんでさけびました。

「おまえにゃぜったいわからんさ！　おいらにも、おれさまにもわからなかったんだ。お話《はなし》に出《で》てくる怪物《かいぶつ》さ！」

「では、干《ほ》しブドウのケーキをみんなにくばってくれ、怪物《かいぶつ》さん」

と、ライオンはめんどうくさそうに言《い》うと、寝《ね》そべりました。

二頭《とう》の大《おお》きな動物《どうぶつ》のあいだにすわらなければならなかったキング
は、とてもいごこちが悪《わる》そうでした。

「こうなると、王冠争奪戦《おうかんそうだつせん》もどうなることやらわからんな！」

ユニコーンが、ずるそうにキングの王冠《おうかん》を見《み》あげて言《い》いました。

かわいそうなキングはぶるぶる、ふるえまくっていたので、王冠《おうかん》
はもう少《すこ》しでキングの頭《あたま》から落《お》っこちそうでした。

「おれの楽勝《らくしょう》だ」と、ライオン。

「そいつはどうかな」と、ユニコーン。

「なんだと、おれはきさまをコテンパンにしたぞ、弱虫野郎《よわむしやろう》！」

ここでキングがふるえながらも、ケンカを止《と》めに入《はい》りました。

「まあまあ、そろそろケーキの時間《じかん》かな。」

「あの怪物《かいぶつ》、なにをぐずぐずしていやがる！」と、ライオン。

怪物《かいぶつ》と呼《よ》ばれたアリスは、ライオンに聞《き》こえるように言《い》いました。

「だって、切《き》っても切《き》っても、切《き》るたびにまたくっついちゃうのよ！」

「かがみの国《くに》のケーキのあつかいかたを知《し》らないな。まずみんなにくばって、そのあとで切《き》るんだよ」と、ユニコーン。

そんなことはばかげているように思《おも》えましたが、アリスがお皿《さら》を持《も》ってまわりますと、ケーキはひとりでに三つに分《わ》かれました。

「さあ、切《き》るんだ」と、ライオン。

けれど、アリスがケーキを切《き》るより早《はや》く、たいこが鳴《な》りだしました。

そこらじゅうが音《おと》でいっぱいになり、頭《あたま》のなかでもがんがんひびいたので、アリスは立《た》ちあがって小川《おがわ》をとびこしました。

「これが『たいこをたたいて追《お》い出《だ》し』ってやつだわ。これで追《お》い出《だ》せなかったら、何《なに》やったってぜったいむり！」

8「これは、せっしゃの発明《はつめい》でござる」

しばらくすると、うるさい音《おと》はしだいにやんで、やがてしーんとしずまりかえったので、アリスはおどろいて顔《かお》をあげました。

あたりにはだれもいません。

自分《じぶん》が夢《ゆめ》を見《み》ていたのではないかと思《おも》いましたが、足《あし》もとにはまだ、ケーキの大《おお》きなお皿《さら》がありました。

「やっぱり夢《ゆめ》じゃないんだ！　さもなきゃ、わたしの夢《ゆめ》のなかでありますように！　ここが赤《あか》のキングの夢《ゆめ》だなんて、ぜったいイヤ！」

このとき、大《おお》きなさけび声《ごえ》がしてアリスの考《かんが》えは中断《ちゅうだん》されました。

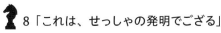

「**やっほっほーい！　王手《チェック》！**」

まっ赤《か》なよろいに身《み》をかためた騎士《きし》が、大《おお》きなこん棒《ぼう》をふりまわしながら、こちらへ全速力《ぜんそくりょく》で馬《うま》を飛《と》ばしてきます。

そこへ、別《べつ》の声《こえ》がわりこんできました。

「**やっほっほーい！　王手《チェック》！**」

こんどは白《しろ》のナイトです。どちらもアリスのわきに馬《うま》をとめると、馬《うま》からころげ落《お》ち、また「よいこらしょ」とあがりました。

「この姫《ひめ》はそれがしの捕虜《ほりょ》ぞ！」と、赤《あか》いナイト。

「だが、せっしゃが参《まい》りて、お救《すく》い申《もう》しあげた！」と、白《しろ》いナイト。

「では、決闘《けっとう》で決《き》めよう。」

ぽかんとしているアリスをよそに、ふたりは、すさまじいいきお

いでガンガンたたきあいだしました。

それはおかしな戦《たたか》いでした。なぐられたら馬《うま》から落《お》ち、なぐりそこねても馬《うま》から落《お》ちるのです。ナイトたちのはげしい決闘《けっとう》をよそに、馬《うま》たちはテーブルのように少《すこ》しも動《うご》きませんでした。

そして、仲良《なかよ》く同時《どうじ》に頭《あたま》から落《お》ちたときに、決闘《けっとう》は終《お》わりました。

ふたりはおきあがると握手《あくしゅ》をし、そのあと赤《あか》のナイトは馬《うま》にまたがって早駆《はやが》けで走《はし》りさってしまいました。

「かがやかしき勝利《しょうり》であったろう？」

白《しろ》のナイトが息《いき》をはずませながら、近《ちか》づいて来《き》て言《い》いました。

「わかりません。わたし、だれかの捕虜《ほりょ》になりたくないんですもの。わたし、クイーンになりたいの。」

「なれますとも、つぎの小川《おがわ》をこえさえすれば。せっしゃが森《もり》のはしまでおつれ申《もう》しあげよう。それがせっしゃの最後《さいご》の一手《いって》なのだ。」

「ありがとうございます。かぶとをはずすの手伝《てつだ》いましょうか。」

あきらかに、ひとりではずせそうになかったのです。アリスがナイトのかぶとをゆすってはずしてやると、ナイトはぼさぼさの髪《かみ》を両手《りょうて》でかきあげ、そのやさしげな顔《かお》と大《おお》きなおだやかな目《め》をアリスにむけました。こんなふしぎな顔《かお》をした兵士《へいし》ははじめてでした。

それからアリスは、いったいなんだろうと、ナイトの箱《はこ》をしげしげと見《み》つめました。ナイトは、奇妙《きみょう》な形《かたち》の小《ち い》さな箱《はこ》を上下《じょうげ》さかさまに、ふたが開《あ》いてぶらぶらしたまま、肩《かた》からぶらさげていたのです。

「せっしゃの小箱《こばこ》に感心《かんしん》なされておるのだな。これはせっしゃの発明《はつめい》でござる——服《ふく》とかサンドイッチとかを入《い》れておく。ほら、こうしてさかさまにしておけば、雨《あめ》も入《はい》らん。」

「でも、なかの物《もの》がでてしまいます。ふたが開《あ》いてたってご存《ぞん》じ？」

「では、なかの物《もの》みな落《お》ちてしまったか！　中身《なかみ》がなければ箱《はこ》の意味《いみ》がない。」

そう言《い》ったナイトの顔《かお》には少《すこ》しこまったようすがありました。

「とはいえ、そなえあれば、うれいなし！　この馬《うま》の足《あし》にこうしたトゲのついた足輪《あしわ》をはめているのもそれゆえでござる。」

「でも、なんのためですか。」

「サメにかまれないためでござる。これはせっしゃの発明《はつめい》でござる。」

アリスは首《くび》をかしげ、そのままだまって歩《ある》きつづけました。

馬《うま》が止《と》まるたびに、ナイトはつんのめって前《まえ》へ落《お》ち、馬《うま》がまた歩《ある》きだすとうしろに落《お》ちました。ときおり横《よこ》に落《お》ちることもありまし

た。そのたびに、アリスは助《たす》けおこしてやりました。

「乗馬《じょうば》のコツはバランスをとることでござる。このように、な――」

するとこんどは背中《せなか》からまっすぐ馬《うま》の下《した》に落《お》ちてしまいました。

アリスは、笑《わら》うまいとかなりがんばったのですが、つい「あははは」と甲高《かんだか》い笑《わら》い声《ごえ》をたててしまいました。

ナイトはおきあがって、こう言《い》いました。

「では、ここでおいとませねばならぬ。」

ふたりは森《もり》のはずれにたどりついていたのです。

「お悲《かな》しみですな。お歌《うた》を歌《うた》ってなぐさめてさしあげよう。せっしゃの歌《うた》を聞《き》いた人《ひと》はみな、目《め》に涙《なみだ》をうかべるか、さもなければ――」

「さもなければ、なんですか？」

ナイトがとつぜんだまってしまったので、アリスはたずねました。

「さもなければ、うかべない。」

ナイトは、かすかなほほえみをうかべ、歌《うた》いはじめました。

これこそ、これまでかがみの国《くに》で見《み》た、ありとあらゆる奇妙《きみょう》なもののなかでも、いつもアリスが一番《いちばん》はっきり思《おも》い出《だ》せるものでした。何年《なんねん》もあとになってからでも、まるできのうのことのように、くっきりとよみがえってくるのです。

ナイトのおだやかな青《あお》い目《め》とやさしそうなほほえみ――夕日《ゆうひ》がその髪《かみ》をすかしてきらきらかがやいていました。

アリスはいっしょうけんめい聞《き》きました。

話《はな》そう、なにもかも。じいさんがいた。
老《お》いに老《お》いて、しかも、木戸《きど》にすわっていた。
ぼくは問《と》いただした。「何者《なにもの》でござる？」
その答《こた》え、聞《き》き流《なが》した、ぼくの耳《みみ》はざる。

じいさんは答《こた》えてた、
「チョウをさがす者《もの》。
小麦《こむぎ》にねむるチョウを、
マトン・パイにするんだもの。
買《か》ってく男《おとこ》たちが、出《で》る海《うみ》は、あらし、
そうして、たてるしがない、くらし。」

でも、ぼくは発明中《はつめいちゅう》、ひげを染《そ》めて
緑《みどり》にして、おうぎで、かくす決《き》め手《て》。
で、やつが言《い》ったことを聞《き》き流《なが》すばかり、
「あんた何者《なにもの》だ？」と、頭《あたま》をぽかり。
3

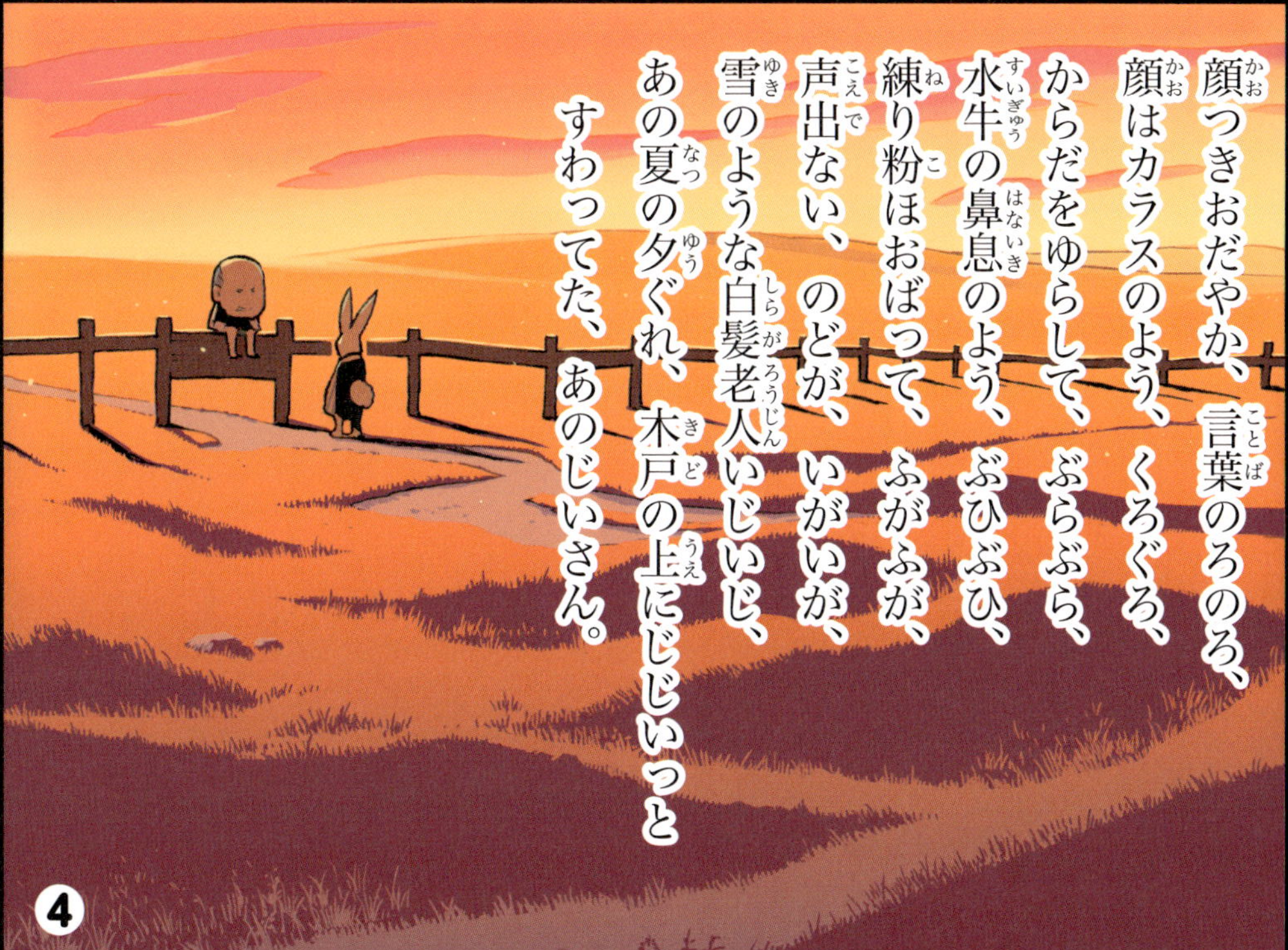
顔《かお》つきおだやか、言葉《ことば》のろのろ、
顔《かお》はカラスのよう、くろぐろ、
からだをゆらして、ぶらぶら、
水牛《すいぎゅう》の鼻息《はないき》のよう、ぶひぶひ、
練《ね》り粉《こ》ほおばって、ふがふが、
声出《こえで》ない、のどが、いがいが、
雪《ゆき》のような白髪老人《しらがろうじん》いじいじ、
あの夏《なつ》の夕《ゆう》ぐれ、木戸《きど》の上《うえ》にじじいっと
すわってた、あのじいさん。
4

ナイトは歌《うた》の最後《さいご》の文句《もんく》を歌《うた》うと、手綱《たづな》を引《ひ》きよせて言《い》いました。

「あと数《すう》メートル進《すす》むだけでござる。丘《おか》をおりて、あの小川《おがわ》をわたれば、クイーンにおなりだ――しかし、まずはここにて、せっしゃを見送《みおく》ってくださるかな？」

ナイトは、進行方向《しんこうほうこう》を指《ゆび》さしながら言《い》いました。

「お手間《てま》はとらせぬ。せっしゃがあの曲《ま》がり角《かど》にさしかかったら、ここでハンカチをふってくださればよい。はげまされますのでな。」

「もちろん、待《ま》っております。ここまで送《おく》ってくださってどうもありがとうございました――それから歌《うた》も――とてもよかったです。」

「ならよいのだが。思《おも》ったよりもお泣《な》きになりませんでしたな。」

そこでふたりは握手《あくしゅ》をし、それからナイトはゆっくりと森《もり》のなかへと馬《うま》を進《すす》めていきました。

「お見送《みおく》りにそれほど時間《じかん》はかからないわね。あっ、またやった！」

ナイトは四、五回落馬《かいらくば》してから、ようやく曲《ま》がり角《かど》のところについたので、アリスは見《み》えなくなるまでハンカチをふりました。

「はげましになったのならいいのだけれど。」

アリスは丘《おか》をかけおりようと、くるりとむきを変《か》えました。

「さあ、いよいよ最後《さいご》の小川《おがわ》、これでクイーンになれるわ！」

ほんの数歩《すうほ》歩《ある》くと、もうそこは小川《おがわ》のはしです。

「ついに八つめのます！」

さけんだアリスは、ぴょーんととんで――

――コケのようにやわらかい芝生《しばふ》の上《うえ》にねそべりました。

「ああ、うれしい！　だけど、なあに、これ？」

アリスは自分《じぶん》の頭《あたま》のまわりにぴったりとはまっている、なにかとても重《おも》たいものに手《て》をのばしながら、さけびました。

「どうして知《し》らないあいだに、こんなものが？」

アリスはそれを持《も》ちあげて、いったいなんだろうと思《おも》って、ひざの上《うえ》にのせてみました。黄金《おうごん》の王冠《おうかん》でした。

9 女王《じょおう》アリス

「すてき！　わたし、本当《ほんとう》のクイーンになったのね。」

アリスはうれしくなって、もう一度《いちど》王冠《おうかん》を頭《あたま》にのせました。

そのとき、ありとあらゆるおかしなことが起《お》こっていたので、アリスの両《りょう》わきに赤《あか》のクイーンと白《しろ》のクイーンがぴったりくっついてすわっていることに気《き》づいても、ちっともおどろきませんでした。

「あの……」

「話《はな》しかけられてから話《はな》しなさい！」と赤《あか》のクイーン。

「でも――」

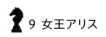

「『本当《ほんとう》のクイーンになった』ってどういう意味《いみ》？　なんの権利《けんり》があってご自分《じぶん》をそうお呼《よ》びになっていたのかしら？」と白《しろ》のクイーン。かわいそうに、アリスはすっかりおろおろしてしまいました。

赤《あか》のクイーンは、白《しろ》のクイーンにこう言《い》いました。

「今日《きょう》の午後《ごご》は、あなたをアリスのディナー・パーティーにご招待《しょうたい》いたします。」

「では、わたしはあなたを招待《しょうたい》しましょう」と、白《しろ》のクイーン。

「わたしがパーティーを開《ひら》くなんて知《し》らなかったわ。でも、わたしのパーティーなら、わたしが招待《しょうたい》すべきだと思《おも》うけど」と、アリス。

「あなたは行儀作法《ぎょうぎさほう》の授業《じゅぎょう》を受《う》けていないのね？」と赤《あか》のクイーン。

「行儀作法《ぎょうぎさほう》は授業《じゅぎょう》では教《おそ》わりません。授業《じゅぎょう》では、たし算《ざん》とかそうい

うことを教《おそ》わるんです」と、アリス。

「たし算《ざん》ができるの？　一たす一たす一たす一たす一たす一たす一たす一たす一たす一は、なに？」と、白《しろ》のクイーン。

「わかりません。数《かぞ》えられませんでした。」

「たし算《ざん》がだめなのね。引《ひ》き算《ざん》は？八引《ひ》く九は？」と赤《あか》のクイーン。

「八引《ひ》く九なんて、できません。でも――」

「引《ひ》き算《ざん》もだめ。割《わ》り算《ざん》は？　パンをナイフで割《わ》ります、答、、えは？」

「ええっと――」

「バターつきパンですよ、もちろん」

と、白《しろ》のクイーンが、アリスのかわりに答《こた》えてしまいました。

「この子《こ》はちっとも算数《さんすう》ができないね！」

ふたりのクイーンは、声《こえ》をそろえて言《い》いました。アリスはこれ以《い》上《じょう》あらさがしされないように、ねがうしかありませんでした。

「実際《じっさい》の役《やく》にたつ問《と》いには答《こた》えられるのかしら？　パンはどうやって作《つく》りますか？」と、赤《あか》のクイーン。

「それなら知《し》っています！　まず、小麦粉《こむぎこ》をふるって――」

「ふるって応募《おうぼ》するの？　なにに？」と、白《しろ》のクイーン。

「そうじゃなくて、ふるいにかけて、練《ね》るんです。」

「寝《ね》たらだめでしょ、おきていなくちゃ。それとも病気《びょうき》？」

「頭《あたま》をあおいでやって！　あんまり考《かんが》えすぎたもんだから、熱《ねつ》を出《だ》してしまうわ」と、赤《あか》のクイーン。

そこでふたりは、葉《は》っぱをたばにしてアリスをあおぎはじめましたが、髪《かみ》の毛《け》があちこちにひどくふきあらされたので、アリスは「やめてください」と、おねがいしなければなりませんでした。

白《しろ》のクイーンは深《ふか》いため息《いき》をついて、アリスの肩《かた》に頭《あたま》をもたせかけると、「ひどくねむいわ！」と、うめきました。

赤《あか》のクイーンがアリスに言《い》いました。

「つかれたのよ、かわいそうに！　頭《あたま》をなでておやりなさい。」

「そんなこと、できません！」

「子守《こも》り歌《うた》を歌《うた》ってておあげなさい。」

「子守《こも》り歌《うた》なんて知《し》りません。」

「じゃあ、わたしが歌《うた》わなければならないね。」

赤《あか》のクイーンは歌《うた》いはじめました。


アリスのひざでおやすみよう。

おきたら、ごちそう、食《た》べてみよう。

ごちそう終《お》われば、行《い》こうよダンス。

赤白《あかしろ》クイーンといっしょにアリス！

「これで、歌詞《かし》はおわかりね。」

赤《あか》のクイーンは、アリスのもういっぽうの肩《かた》に頭《あたま》をもたせました。

「こんどはわたしに歌《うた》ってちょうだい。わたしもねむいから。」

つぎの瞬間《しゅんかん》、ふたりのクイーンはどちらもぐっすりねむって、高《たか》いびきをかいていました。

「ど、どうすりゃいいっていうの？」

いびきは、だんだんメロディーのようになってきました。とうとう歌詞《かし》も聞《き》きとれるようになり、アリスはとても熱心《ねっしん》に聞《き》いていたので、ふたつの大《おお》きな頭《あたま》がふっと消《き》えてしまったことなど、ろくに気《き》にもとめませんでした。

いつのまにかアリスは立《た》っていました。目《め》の前《まえ》には門《もん》があり、その上《うえ》には、

女王《じょおう》アリス

と大《おお》きな文字《もじ》で書《か》かれています。

アリスはノックをしてベルを鳴《な》らしましたが、むだでした。長《なが》いくちばしの生《い》き物《もの》がさっと顔《かお》をつき出《だ》し、「さ来週《らいしゅう》まで入場《にゅうじょう》できません」と言《い》ってドアを閉《し》めるだけでした。

すると、それまで木《き》の下《した》にすわっていた年老《としお》いたカエルが立《た》ちあがって、こちらにやってきて、「なんの用《よう》だね」と、たずねました。

「このドアの番《ばん》をする召《め》し使《つか》いはどこなの？」

アリスはぷんぷん怒《おこ》って、えらそうに言《い》いました。

「このドアの番《ばん》？　なんの順番《じゅんばん》がまわってきたのかね？」

「そうじゃないわ！　ドアをたたいていたの！」

「そんなことをしちゃあいけないねえ――そんなぁことを――ドアとしちゃあ、いい気《き》はせんでなぁ。」

このとき、ドアがばたんと開《ひら》いて、きんきんした歌声《うたごえ》が聞《き》こえました。

「かがみの国《くに》のアリスです。
王座《おうざ》につくのはわたしです。
この国《くに》の者《もの》は、この際《さい》、
赤白《あかしろ》クイーンとわたしと食事《しょくじ》をなさい！」

すると何百《なんびゃく》もの声《こえ》が合唱《がっしょう》しました。

「ではグラスを満《み》たそう、すぐさま満《まん》タン。
テーブルにぶちまけぬか、ぬかにボタン、
コーヒーにはネコを入《い》れ、お茶《ちゃ》には子《こ》リス――

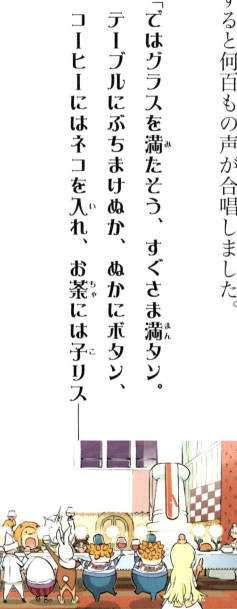

万歳三唱《ばんざいさんしょう》の三十倍《ばいじょおう》女王アリス！」

それから歓声《かんせい》がわきおこり、どよめきました。

「三の三十倍《ばい》は九十。だれか数《かぞ》えているのかしら？」

やがて、さっきのきんきん声《ごえ》がつづきを歌《うた》いました。

「さあ、みんな、近《ちか》くによってもいいよ！

女王《じょおう》をおがめば、こりゃ栄誉《えいよ》、

ごちそうを食《た》べて、つけよう、栄養《えいよう》、

赤白《あかしろ》クイーンとわたしと、いよいよ！」

それからまた合唱《がっしょう》です――

「ではグラスを満《み》たそう、シロップとインクで、
さもなきゃ、おいしいドリンクで。
サイダー飲《の》むはサイだぁ、食《く》えよ、まんじゅう――
アリス女王《じょおう》に万歳《ばんざい》九かけ九十！」

「九かけ九十！　ああ、そんなの、むりよ！　すぐになかに入《はい》ったほうがいいわ――」

アリスが入《はい》っていくと、あたりはしんとしずまりかえりました。

大《おお》きな広間《ひろま》には、五十人《にん》ほどのお客《きゃく》さんがいるのがわかりました。

けものもいれば、鳥《とり》もいますし、お花《はな》さえ少《すこ》しまざっていました。

テーブルの上座《かみざ》にイスが三つあって、赤《あか》のクイーンと白《しろ》のクイーンがすわっていましたが、まん中《なか》の席《せき》が空《あ》いていました。アリスは、その席《せき》にすわりました。

赤《あか》のクイーンが言《い》いました。

「ちょうどよかった。あなたをそのヒツジ肉《にく》さんにご紹介《しょうかい》しましょう。アリスさん――こちらはヒツジ肉《にく》さん。ヒツジ肉《にく》さん――こちらはアリスさんです。」

ヒツジ肉《にく》はお皿《さら》の上《うえ》に立《た》ちあがって、ぺこんとおじぎをしました。ぎょっとすべきか、おもしろがるべきかわからないまま、アリスはおじぎを返《かえ》しました。

「あの、ひと切《き》れ、さしあげましょうか。」
アリスは、ふたりのクイーンをかわるがわる見《み》ました。
「なんて無礼《ぶれい》なやつだ！　こっちがあんたのかいかいかいからだからひと切《き》れ切《き》ろうもんなら、あんた、どう思《おも》うね、この生《い》き物《もの》め！」
それはヒツジっぽい、しわがれた声《こえ》でした。これにはなんと言《い》えばよいかわかりませんでしたので、アリスはただすわったまま、息《いき》が止《と》まる思《おも》いでヒツジ肉《にく》を見《み》つめました。

「なんとかおっしゃい。ヒツジ肉《にく》だけに会話《かいわ》させるなんてばかげていますよ！」と赤《あか》のクイーン。

「今日《きょう》はずいぶんたくさん歌《うた》を聞《き》かせていただいたんですが」

アリスがそう口《くち》を開《ひら》くやいなや、とたんにしーんとしずまりかえって、みんなの目《め》がアリスにくぎづけになりました。

「とってもへんだと思《おも》うんです――どの歌《うた》もなにかしらお魚《さかな》についての歌《うた》なんです。ここではどうして、みんなお魚《さかな》がそんなに好《す》きなんでしょう？」

アリスは赤《あか》のクイーンに話《はな》しかけたのですが、クイーンの返事《へんじ》はまとはずれでした。

「お魚《さかな》と言《い》えば白《しろ》の女王陛下《じょおうへいか》はすてきななぞなぞをごぞんじですよ、

お魚《さかな》の詩《し》になってるの。うたってもらいましょうか？」

「赤《あか》の女王陛下《じょおうへいか》がそうおっしゃってくださって、よかったわ。とっても、おもしろいの！　暗唱《あんしょう》してもいいかしら？」と白《しろ》のクイーン。

「どうぞお願《ねが》いします。」

アリスはとても礼儀正《れいぎただ》しく言《い》いました。

白《しろ》のクイーンはほほえんで、アリスのほおをなでると、こうはじめたのです。


「まずは、お魚《さかな》、料理《りょうり》して！」

それはかんたん、もう、さらさらとできます。

「つぎに、お皿《さら》にもりつけて！」

それはかんたん、もう、皿《さら》、皿《さら》に入《はい》ってます。

「持《も》ってきて！　お夕飯《ゆうはん》にしてちょうだい！」

そんなの、なんだい？　おぜんだてなんてわけない。

「お皿《さら》のふたをとってちょうだい！」

ああ、それは難題《なんだい》。わたしにはできない！


だって、のりづけしたみたいに、ぴったり合致《がっち》。

お皿《さら》の中《なか》からふたをおさえてるから、ふたは開《あ》かずの戸《と》。

かんたんなのはどっち？

料理《りょうり》のふたをとるのと、なぞなぞの答《こた》えを言《い》うのと？

なぞなぞのこたえはP163にあるよ

「一分間考《ぷんかんかんが》えてから答《こた》えを言《い》ってね。その間《あいだ》にかんぱいしましょう――女王《じょおう》アリスの健康《けんこう》を祝《しゅく》して！」

赤《あか》のクイーンが声《こえ》をかぎりにさけぶと、お客《きゃく》みんなはさっそく飲《の》みはじめたのですが、それはずいぶんおかしな飲《の》みかたでした。

グラスを頭《あたま》にかぶせて、顔《かお》にしたたってくるワインを全部《ぜんぶ》飲《の》みほす人《ひと》もいれば、ワインの容器《デカンター》をひっくりかえして、テーブルのはしから落《お》ちてくるのを飲《の》んでいる人《ひと》までいました。

「まるで飼《か》い葉《ば》おけのブタそっくり！」とアリスは思《おも》いました。

「きちんとしたスピーチをして、お礼《れい》しなければなりませんよ」

と、赤《あか》のクイーンが言《い》ったので、アリスは立《た》ちあがってスピーチをはじめました。

ところがそのあいだ、ふたりのクイーンが両側《りょうがわ》からぎゅうぎゅう押《お》すので、アリスはもう少《すこ》しで宙《ちゅう》におしあげられるところでした。

「お礼《れい》を申《もう》しあげます。先《さき》ほどまでうかない顔《かお》をしておりましたが、みなさまのおかげで――」

と、言《い》うそばから、アリスは数《すう》センチほどうかんでいました。

でも、テーブルのはしをつかんで、なんとか席《せき》にとどまりました。

「気《き》をつけなさい！　なにかが起《お》こるわよっ！」

白《しろ》のクイーンがアリスの髪《かみ》をひっつかんで金切《かなき》り声《ごえ》をあげました。

するとそのとき、ありとあらゆることがいっせいに起《お》こりました。

ロウソクはみんな天井《てんじょう》までにょきにょきのびてしまい、頭《あたま》に花火《はなび》のついたイグサのしげみのように見《み》えました。どのビンも、お皿《さら》を二枚《まい》ずつひっつかむと、つばさにし、二本《ほん》のフォークを脚《あし》にして、あちらこちらへとパタパタ飛《と》びまわりました。

「わたしはここよ！」

テーブル用《よう》のふた付《つ》きのスープ入《い》れからさけび声《ごえ》がして、アリスがふりむくと、白《しろ》のクイーンの人《ひと》のよさそうな大《おお》きな顔《かお》がちょうどそのスープ入《い》れのはしからニヤニヤッと笑《わら》うのがちらりと見《み》えて、スーとスープのなかへ消《き》えてしまいました。

もう一瞬《いっしゅん》もぐずぐずしているわけにはいきませんでした。すでに何人《なんにん》ものお客《きゃく》がお皿《さら》のなかで横《よこ》になっていましたし、スープのおたまがテーブルの上《うえ》をアリスのほうへ歩《ある》いてきて、いらだたしそうに「どけっ」と、アリスを手《て》で追《お》いはらおうとします。

「もうこんなの、がまんできない！」
アリスはさけんで、両手《りょうて》でテーブルクロスをつかみました。

そのまま、ぐいっと力《ちから》いっぱいひっぱると、平皿《ひらざら》も深皿《ふかざら》もお客《きゃく》も、いっさいがっさい、まとめてがらがらがっしゃんと床《ゆか》に落《お》ちました。

「そして、あなたはね。」

アリスは、このいたずらを引《ひ》き起《お》こした張本人《ちょうほんにん》の赤《あか》のクイーンをにらみつけようとしました。でも、赤《あか》のクイーンは、もはやアリスの横《よこ》にはいませんでした。とつぜん小《ちい》さなお人形《にんぎょう》ぐらいの大《おお》きさにちぢんでしまって、今《いま》はテーブルの上《うえ》で、自分《じぶん》のうしろにたなびいているショールを楽《たの》しげに追《お》いかけてぐるぐる走《はし》り回《まわ》っているのです。

アリスは、この小《ちい》さな生《い》き物《もの》をぱっとつかまえて、言《い》いました。

「あなたなんか、ゆさぶって、ゆさぶって、子《こ》ネコにしてやるんだから！」

10 ゆさぶって

アリスはそう言《い》いながら、テーブルから赤《あか》のクイーンを持《も》ちあげて、力《ちから》いっぱい前後《ぜんご》にゆさぶりました。

赤《あか》のクイーンはおとなしくして、さからおうとしませんでした。

ただ、その顔《かお》はぐんぐん小《ちい》さくなり、目《め》が大《おお》きく緑色《みどりいろ》になってきました。

それでもゆさぶりつづけると、もっと小《ちい》さくなり、ふっくらしてきて、やわらかくなって——そして——

11

目《め》がさめて

——結局《けっきょく》、それは本当《ほんとう》に子《こ》ネコだったのです。

12
夢《ゆめ》を見《み》たのはどっち？

「赤《あか》の女王陛下《じょおうへいか》はゴロゴロのどを鳴《な》らしてはいけませんよ。」

アリスは、目《め》をこすりながら、子《こ》ネコちゃんにうやうやしく、でも少《すこ》しきびしい口調《くちょう》で話《はな》しかけました。

「あなた、わたしをおこしちゃったのね。ああ、すてきな夢《ゆめ》を見《み》てたのに！　ずっといっしょだったわね。かがみの国《くに》で、あなたと。」

アリスは、テーブルの上《うえ》のチェスのこまのなかをさがして赤《あか》のクイーンを見《み》つけ、子《こ》ネコと赤《あか》のクイーンをむかいあわせました。

「さあ、キティ！　あなた、この女王《じょおう》だったんだって白状《はくじょう》なさい！」

アリスは、肩《かた》ごしに白《しろ》の子《こ》ネコをふりかえって言《い》いました。

「わたしの、かわいいスノードロップ！　ダイナ！　あなた、白《しろ》のクイーンをごしごししてたって知《し》ってた？　本当《ほんとう》に、おそれ多《おお》いことよ！　で、ダイナは、なんになったのかな？」

アリスはおしゃべりしながら、ごろりとからだをのばしました。

「ねえ、キティ、こんなことを夢《ゆめ》に見《み》たのはだれだったのかしらね。夢《ゆめ》を見《み》たのはわたしか、赤《あか》のキングのはずなの。キティ、あなた、キングのおきさき様《さま》だったんだから知《し》ってるはずでしょ。」

あなたは、どっちの夢《ゆめ》だったと思《おも》いますか？

作者《さくしゃ》と物語《ものがたり》について

おとなに成《な》る『かがみの国《くに》のアリス』

編訳《へんやく》／河合祥一郎《かわいしょういちろう》

この本《ほん》は、『ふしぎの国《くに》のアリス』のつづきです。『ふしぎの国《くに》のアリス』は五月《がつ》のお話《はなし》ですが、ちょうど半年《はんとし》たって、アリスが七歳《さい》半《はん》になったときのお話《はなし》です。

ふしぎの国《くに》がトランプの世界《せかい》だったように、かがみの国《くに》はチェスの世界《せかい》です。小《ちい》さなポーン（歩兵《ほへい》）として歩《ある》きはじめたアリスは、このお話《はなし》の最後《さいご》ではクイーンになります。少女《しょうじょ》アリスは大人《おとな》の女性《じょせい》として成長《せいちょう》していくのです。

『ふしぎの国《くに》のアリス』が書《か》かれたときモデルとなったアリスは少女《しょうじょ》でしたが、『かがみの国《くに》のアリス』はそれから九年後《ねんご》に本《ほん》となり、十九才《さい》となったアリスにおくられました。アリスは美《うつく》しい女性《じょせい》に成長《せいちょう》し、イギリスの王子様《おうじさま》と恋《こい》をしていました。

この本《ほん》は、どんどん成長《せいちょう》して作家《さっか》ルイス・キャロルから遠《とお》ざかっていくアリスを思《おも》いながら書《か》かれたのです。最後《さいご》にアリスを見《み》まもる白《しろ》のナイト（騎士《きし》）は、発明好《はつめいず》

なぞなぞのこたえはカキ！

きだったキャロルその人《ひと》がモデルになっていると言《い》われています。

そして、かがみの国《くに》ではすべてがあべこべです。前《まえ》に進《すす》もうと思《おも》ったら、うしろに行《い》かなければなりません。わるいことをする前《まえ》に逮捕《たいほ》されてしまうなんて、ちょっとこまりますね。みなさんは、かがみの国《くに》に行《い》ったら、どんなことをしてみたいですか？

このお話《はなし》にも、言葉《ことば》あそびがあふれています。

声《こえ》に出《だ》して読《よ》んでみてください。

言葉《ことば》のもっているリズムを楽《たの》しむには声《こえ》に出《だ》してみるのがいちばんです。「ライオンとユニコーン」など、マザーグースと呼《よ》ばれる子《こ》どもの歌《うた》もいっぱい入《はい》っています。

マザーグースを知《し》らないお友《とも》だちは、ぜひおうちの人《ひと》に聞《き》いて、マザーグースにもしたしんでみてくださいね。

おしえてビリギャル先生《せんせい》!!

読《どく》書《しょ》感《かん》想《そう》文《ぶん》の書《か》きかた

坪《つぼ》田《た》信《のぶ》貴《たか》

1 ワクワク読《よ》みをしよう!

「読書感想文《どくしょかんそうぶん》を書《か》くために読《よ》む」とか「宿題《しゅくだい》だから」じゃなくて、まずは楽《たの》しく本《ほん》を読《よ》もう。今《いま》まで考《かんが》えたこともなかったようなふしぎな世界《せかい》がまってるよ。そして読《よ》む前《まえ》とくらべて、ずーっと世界《せかい》が広《ひろ》がって、頭《あたま》もよくなっているんだ。そんなすがたを想《そう》像《ぞう》してワクワクしながら読《よ》もう。

2 おもしろかったこと決《けっ》定《てい》戦《せん》!

本《ほん》を読《よ》みおえたら、なにがおもしろかったか(印《いん》象《しょう》にのこったか)考《かんが》えてみよう。セリフでも、なんでもいいから、本《ほん》を見《み》ないで紙《かみ》に書《か》きだしてみて。おわったら、こんどは本《ほん》をめくりながら、「ああ、これもおもしろかった」というのをあらためて書《か》こう。「一番《いちばん》」おもしろかったこと決定戦《けっていせん》をするんだ。

3 作《さく》戦《せん》をたてる(下《した》書《が》きをする)!

感想文《かんそうぶん》は、4つの段落《だんらく》にわけて書《か》くとうまくいくよ。【第《だい》一段落《だんらく》】は、この本《ほん》を読《よ》むきっかけや、そのときの出来事《できごと》。【第《だい》二段落《だんらく》】は、あらすじ。【第《だい》三段落《だんらく》】は、②で決《き》めた一番《いちばん》おもしろかった(印象《いんしょう》にのこった)こと。【第《だい》四段落《だんらく》】は、この本《ほん》を読《よ》んで、どんなことに気《き》づいたか、どんなことを学《まな》んだか、世界《せかい》がどう広《ひろ》がったか、自分《じぶん》がどうかわったか。

それぞれの段落《だんらく》に書《か》くことを、メモするようにかんたんに下書《したが》きしよう。

下書《したが》き

- この本《ほん》に出会《であ》ったきっかけは?
  ネコのダイナがこの本《ほん》のうえでねっころがってたから
- この本《ほん》のあらすじは?
  アリスが、かがみの国《くに》に行《い》ってチェスのゲームにさんかするお話《はなし》
- 一番《いちばん》おもしろかったところは?
  えらそうなハンプティ・ダンプティに365−1をおしえてあげるところ。ぷぷーってふきだしちゃった
- この本《ほん》を読《よ》んで自分《じぶん》はどうかわった?
  どんなにかんじわるい人《ひと》にでも、しんせつに算数《さんすう》をおしえてあげようと思《おも》った

4 作家《さっか》になったつもりで書《か》いてみよう！

ここからが本番《ほんばん》だ。まずは「タイトル」決《ぎ》め。みんなが「お！」と思《おも》うようなオリジナルのタイトルをつけてみよう。そして、【一文目《ぶんめ》】がすごく大事《だいじ》。自分《じぶん》が作家《さっか》の先生《せんせい》になったつもりで命《いのち》がけで書《か》いてみよう。

どんな人《ひと》にもしんせつに！『かがみの国《くに》のアリス』

一年《ねん》一組《くみ》　かがみありす

うちのダイナってばどこでもごろごろするんです。あっちでごろごろ。こっちでごろごろ。そんなダイナのおしりの下《した》でみつけたのが、この本《ほん》です。

この本《ほん》は、アリスって女《おんな》の子《こ》が、かがみの国《くに》に行《い》ってチェスのゲームにさんかするお話《はなし》です。

いちばんおもしろかったのは、いばりんぼのたまご人《にん》間《げん》ハンプティ・ダンプティに算数《さんすう》をおしえてあげるところです。そのたまご、365－1もできないんです。ぷーってふきだしちゃいました。わたしはわらっちゃったけど、アリスはほほえむだけで、ばかにもしないで、ちゃーんとおしえてあげてました。すっごくいい子《こ》！

この本《ほん》をよんで、わたしもアリスみたいに、どんないばりんぼにもしんせつにしようとおもいました。

5 さいごに読《よ》みかえそう！

さいごに自分《じぶん》の書《か》いた文章《ぶんしょう》を読《よ》みかえしてみよう。その感想文《かんそうぶん》を読《よ》む人《ひと》の気持《きも》ちを考《かんが》えながら、読《よ》みかえして、より楽《たの》しく読《よ》んでもらえる表現《ひょうげん》はないか、まちがった言葉《ことば》はないかなどを考《かんが》えてみよう。

これで、もうあなたも感想文《かんそうぶん》マスターです。どんどん本《ほん》を読《よ》んで感想文《かんそうぶん》を書《か》いてみてくださいね。

もっとくわしく知《し》りたい人《ひと》は…

「アスキー・メディアワークスの単行本《たんこうぼん》」のページで、ビリギャル先生《せんせい》が教《おし》える動画《どうが》が見《み》られるよ！→ http://amwbooks.asciimw.jp/

おうちの方へ

いま、100年後も読まれる名作を読むこと

坪田信貴（坪田塾・N塾代表）

映画にもなったビリギャル＝『学年ビリのギャルが１年で偏差値を40上げて慶應大学に現役合格した話』著者。自身の塾で1300人以上の生徒の偏差値を急激にのばしてきたカリスマ塾講師。

●「正解」のない人生。しかし一つ、「正解」があります

世の中に「つねに正解」というものはなかなかありません。しかし、本書をお子さんが手に取り、何度も読むとしたら、それはまちがいなく「正解」です。

ぼくは、１３００人以上の子どもたち一人ひとりを「子別」指導してきたこれまでの経験と理論から、この「100年後も読まれる名作」シリーズを監修しました。その上で、この本を強烈に推薦させていただきたいと思います。

●人生は、名作に出会うことで大きく変わる

そもそも人生は、"だれと出会うか"によって決まります。そして、その「だれ」が、「"良質なもの"にたくさんふれてきた人」や「"良質なもの"を生み出したその本人」であれば、人生はよりよきものになります。

では、"良質なもの"とはなんでしょう？――それこそが、本シリーズが「この物語なら100年後も読まれているだろう」と厳選した名作です。

名作と呼ばれる物語は、人類にとって、普遍的に価値があるものです。

読書をすることで、そんな価値あるものを生み出した天才である作者の頭の中をのぞき、その作者と対話できるのです。

若くして名作に出会うことは、若くして歴史上の天才たちと語らうことなのです。

●名作に出会わせることが、子どもの底力を作る

国語の能力は、今後の受験勉強をふくめたすべての学習の基礎となります。

若くして名作の名文にふれることで、語彙がふえ、読む力が高まり、想像力がゆたかになり、数多くのすばらしい表現を学べます。

なによりすぐれているのは、それを「何度でも」、好きなときに学べることです。

古今東西で評価されてきた名作を好きになり、何度も読みかえすことは、とても自然なことで、それを通じて、「勉強を復習する習慣」も身につきます。

しかも本シリーズは、現代の子どもたちが好むイラストをふんだんに掲載し、お子さんが想像力や発想力を育むことを楽しく手助けしてくれます。そして、活字が苦手な子でも「読書が楽しく」なるよう、日本トップクラスの翻訳者が、細心の配慮をもって抄訳をおこなっています。

お子さんが、小学生のうちに「読みやすく、楽しい名作」で読書の虫になれば、きっとそのお子さんの人生は名作をなぞり、その人生が名作となります。

そして良書をあたえることができた親御さんや先生は、そのきっかけを生み出した作者となれるのです。

ぜひ本書で、お子さんたちに、歴史上の天才たちと対話をしていただければ、と考えます。

100年後も読まれる名作

かがみの国のアリス

2016年7月1日　初版発行
2017年9月15日　4版発行

作……ルイス・キャロル
編訳……河合祥一郎
絵……okama
監修……坪田信貴

発行者……塚田正晃

発行……株式会社KADOKAWA
〒102-8177　東京都千代田区富士見2-13-3

プロデュース……アスキー・メディアワークス
〒102-8584　東京都千代田区富士見1-8-19
電話 0570-064008（編集）
電話 03-3238-1854（営業）

印刷・製本……大日本印刷株式会社

ISBN978-4-04-892244-9　C8097

小社ホームページ　http://www.kadokawa.co.jp/
アスキー・メディアワークスの単行本　http://amwbooks.asciimw.jp/
「アリスの本」特設サイト　http://amwbooks.asciimw.jp/sp/alice/

カラーアシスタント　うそねこ　和音　ザシャ　ふでちん　園田ゆり　Pinkspinel　真雛あきこ
デザイン　みぞぐちまいこ（cob design）
編集　田島美絵子（第6編集部書籍編集部）
編集協力　工藤裕一　黒津正貴　山口真歩（第6編集部書籍編集部）
進行　小坂淑恵（第6編集部書籍編集部）

本書は『新訳　かがみの国のアリス』（角川つばさ文庫）を底本とした抄訳版です。
さし絵は底本の絵をカラー化し、加筆修正したものを掲載しています。

チェシャーネコの怪談集《かいだんしゅう》なんてあるの!?

笑《わら》い猫《ねこ》の5分間《ふんかん》怪談《かいだん》

ねこなめ町《ちょう》には、ふしぎなウワサがある。
町《まち》のあちこちに、巨大《きょだい》な猫《ねこ》がうかんで登場《とうじょう》し、
ゾーッとする怪談《かいだん》をたくさん語《かた》ってくれるそうだ。
それだけでも奇妙《きみょう》でこわいのに、
なんと、その猫《ねこ》、ニヤニヤ笑《わら》うらしい!!

さあ、「笑《わら》い猫《ねこ》」の、1話《わ》5分《ふん》で読《よ》める、
たのしい怪談集《かいだんしゅう》のはじまりはじまり〜。

笑い猫（チェシャーネコ）

大人気《だいにんき》シリーズ! どの巻《かん》からでも読《よ》める!

責任編集・作／那須田 淳　絵／okama　アリスと同じ画家だよ
作／石崎洋司　柏葉幸子　越水利江子　芝田勝茂　富安陽子　はやみねかおる
藤木 稟　藤野恵美　松原秀行　緑川聖司　宮下恵茉　雪乃紗衣　令丈ヒロ子
解説／河合祥一郎（巻によっては不参加の作家もいます）

①幽霊《ゆうれい》からの宿題《しゅくだい》　発売中
②真夏《まなつ》の怪談列車《かいだんれっしゃ》　発売中
③ホラーな先生特集《せんせいとくしゅう》　発売中
④真冬《まふゆ》の失恋怪談《しつれんかいだん》　発売中
⑤恐怖《きょうふ》の化《ば》け猫遊園地《ねこゆうえんち》　発売中
⑥死者《ししゃ》たちの深夜《しんや》TV《テレビ》　＼最新刊／　2016/7/8発売
⑦呪《のろ》われた学級裁判《がっきゅうさいばん》　＼最新刊／　2016/7/8発売

四六変型判　①〜⑦巻 各定価（本体600円＋税）

ホームページで①〜⑦巻《かん》の1話《わ》めが読《よ》める! http://waraineko.jp/

ASCII MEDIA WORKS　発行 株式会社KADOKAWA アスキー・メディアワークス